약국 안 책방 : 아직 독립은 못 했습니다만

약국 안
책방

아직 독립은 못 했습니다만   **박훌륭**

프롤로그 ✳

**부캐라는 건
어쩌면 따라오는 것**

휴우우, 깊은 숨(한숨 아님)과 함께하는 오후 4,5시 정도면 아침부터 시작한 책방 일은 어느 정도 정리가 된다. 그 시간은 서향으로 창이 나 있는 우리 책방에 가장 긴 빛이 들어오는 때이기도 하다. 최근 읽었던 책의 리뷰를 쓰고 난 뒤라면 좀 더 홀가분해진다. 누가 닦달하는 것도 아닌데, SNS에 책 리뷰를 뜸하게 올리는 경우엔 이상하게 죄짓는 기분이 든다. "무릇 작은 책방이라면 큰 서점에서 못 찾는 산뜻하고 신박한 책을 소개해야지, 뭔 쓸데없는 짓을 하고 있니?"라고 누군가 꾸짖을 것만 같다.

이건 어느 정도 초심에 대한 강박으로 보인다. 아직 독립 못 한 책방은 초창기부터 '북스타그래머'에 발가락을 담그고 있었기 때문에 책을 '완독'하고 나서 리뷰 올리는 일을 한동안 게을리하면 스스로 내가 변했나 하는 생각이 스멀스멀 올라온다.

이 말은 아독방('아직 독립 못 한 책방'을 줄여서 부르는 애칭이다.)의 시작이 어쩌면 '책방'과는 다른 결일 수도 있다는 걸 뜻한다. 그러니까 내가 살기 위해 시작한 거라는 얘기다. 책방을 해보고 싶다는 막연한 생각은 가지고 있었지만 이렇게 급진적으로 정말 하게 될 거라고는 상상도 못했다. 누군가는 수영을 하고, 누군가는 스윙 댄스를 하고, 누군가는 영화를 보며 푸는 스트레스를 나는 책을 모으고 읽으면서 풀었다고나 할까? 늘 하는 이야기지만 작정하고 시작하면 후회도 클 수 있고 굴곡도 많을 수 있다. 어떤 이는 이왕 하는 김에 철저히 준비해서 임팩트 있게 시작하라고 조언하기도 한다. 하지만 그렇게 해서는 세상 어떤 일도 경험할 수 없다는 판단 아래 대책 없이 책방을 시작했고, 어느덧 만 3년이 되었다.

책으로만 배운 사람으로 남고 싶지 않으면 작게

라도 그냥 시작해 보길 바란다. 그게 뭐든 좋다. 나도 이렇게 책방을 하고 있을 줄은 몰랐으니까. 뭘 이루려면 계속 해보는 수밖에 없다는 건 태곳적부터 내려온 삶의 법칙이다. 성공과 실패가 젠가처럼 쌓여야 중간에 누가 몇 개를 빼가더라도 굳건히 서 있을 수 있다. 이 말은 사실 매우 이기적인 말이기도 하다. 내가 하고 싶은 걸 해보라는 건데, 살짝 돌려 말하면 주변 신경 쓰지 말고 내 맘대로 하라는 뜻과 비슷하기 때문이다. 도저히 견디기 힘든 한계점에 다다른 사람들이라면 이 말을 이해할 거고, 이래야 한다는 걸 분명히 알고 있을 거다.

책방 이야기를 하면서 이렇게 장엄한 프롤로그를 쓰는 이유는 사실 여러 가지 기대를 안고 책을 펼쳐든 독자들에게 뭔가 교훈적이거나 책방 운영의 정석 같은 것을 기대하지 말라는 말을 드리고 싶어서다. 그저 가끔씩 책을 읽던 평범한 한 사람이 책방을 어떻게 시작하게 되었고, 어떻게 꾸려가고 있는지, 그리고 어떤 생각으로 책방일에 임하고 있는지 조금 알게 되실 거다.

이야기가 이상한 곳으로 샜다. 여하튼 '내가 살아야 남도 산다'는 생각으로 뭐든 시작해야 한다는 말을 하고 싶었다. 그리고 이 책방은 내가 재미있게 살기 위해서 시작했다는 점을 강조하고 싶다. 부캐라는 건 어쩌면 따라오는 것이다. 본캐는 약사이고 책방 주인은 부캐라는 이야기를 자주 듣지만, 사실 내가 제일 애정을 가지고 있는 캐릭터는 책방 주인이다. 갑자기 어려운 상황에 맞닥뜨리게 되면 힘들기도 하지만 의외의 기회가 생길 수도 있다. 사방이 어두워도 보일 건다 보이는 법이니까.

내가 공공연히 해온 말 중에 "책방 주인이라고 책방 이야기를 첫 책으로 쓰고 싶지 않다."라는 명언(?)이 있는데, 책방 이야기를 책으로 못 쓰면 말짱 도루묵이 될 말이었다. 그런 일이 일어나지 않도록 집필 제안을 해주신 글담출판사에 감사드리며, 글이 웃기지 않아도 항상 적극적으로 반응해 주신 이은지 편집자님께 감사드린다. 그리고 표현은 잘 못하지만 항상 사랑하는 아버지, 어머니, 아내에게도 감사한다. 마지막으로 내 인생의 선물 금동이에게 이 모든 영광과 부를 돌린다(얻게 된다면, 얻을 수 있게 사……사……사주세요).

차 례

가능하면 오래 책방 주인으로

약국이지만 〜〜〜〜〜〜

책방입니다

＊
＊
＊

시작을 하긴 한 건가?

"아…… 지겹고 지겨워서 너무 지겹구나."

평소와 마찬가지로 권태로움이 오후의 햇살처럼 나를 감싸고 있던 어느 날. 나는 약국 화장품이 진열되어 있는 벽장 앞에 멍하니 서 있었다. 개별적으로 짜서 맞춘 다섯 개의 장이 모두 개성 있게 붙어 있었고, 워낙 오래되어서 각 단의 높이도 맞지 않았다. 며칠째 이걸 어떻게 바꿔볼까 골똘히 생각하는 중이었다. 역시나 별다른 출구 전략 없이 자리로 돌아와서 여느 때처럼 책을 읽기 시작했다. 평소에 책을 좀 읽기는 하지만 그 달은 유달리 책을 많이 산 편이었다. 오프라인과 온라인을 통해 구입한 책이 20권을 넘어섰다. 그 책들 대부분은 독서를 즐기는 지인들과 이야기를 나누기 위한 것들이었다. 그렇게 책을 많이 산 이유는 그달에 유난히 경제경영 관련 서적에 꽂혔기 때문이었다. 개인적인 경험서부터 경제 전반에 관한 이론서까지 당기는 대로 구매해서 읽었다. 그러다가 갑자기! 문득 이런 생각이 들었다.

'이럴 바엔 차라리 내가 서점을 여는 게 낫겠네. 책을 너무 많이 사네.'

아, 이래서 책을 읽어야 하는구나! 이래서 경제서를 읽어야 하고, 그렇게 생활에 적용하게 되는구나! 그랬다. 그렇게 2018년 8월, '아직 독립 못한 책방'은 시작됐다. 아, 그리고 물론…… 저렴한 가격으로 책을 '더 많이' 사게 되었다.

사람은 새로운 일을 할 때 재미를 느끼고 활력이 생긴다. 다른 사람들은 모르겠지만 적어도 나는 그렇다. 그래서 스쳐 지나간 취미들이 많다. 뭘 모으는 것부터 해서 세차, 사진, 춤, 게임, 내비게이션 등등 수도 없다. 그 와중에 책이 눈에 들어오다니! 운명인가? (책방의 멋진 인트로를 만들기 위한 자기 위로인가?)

그게 뭐든 간에 나는 책방을 해야겠다 결심하고 그에 맞춰 준비하면서 참 재미있었다. 여행을 준비하는 심정과 비슷했다. 가기 전에 설렘이 최고조로 되는 것이 여행 아니던가! '진짜 책방을 하는 건가' 싶기도 하고 '이번엔 언제까지 갈까' 궁금해하리라 짐작되는 약국 직원 분들과 함께 약국 바깥 유리에 붙일 책방 문구를 정했다. 그런 다음 자로 사이즈를 재고, 인터넷으로 책방 문구 시트를 주문하고, 당연히 처음 하는 일이라 좌우 반대로 주문해 낭패도 보면서 '푸른 약국' 밑에 '책, 아직 독립 못 한 책방'이라는 3,000원짜리 문구를 붙였다. 선택할 수 있는 글씨체가 한정적이었지만 잘 고른데다 크기도 적당했다. 유리에 붙여 놓은 거라 밤엔 더 잘 보여서 좋았다.

사실 책방을 시작하며 별다른 홍보 욕심은 없었다. 그래선지 아직도 이 동네에 책방이 있다는 사실을 아는 분은 많지 않다. 어떻게 홍보해야 할지도 모르겠거니와 과연 이 작디작은 서점에서 책을 얼마나 사겠나? 하는 생각 때문이었다. 그래서 지인의 추천대로 SNS만 개설했다. 내 생에 첫 SNS를 책방 계정으로 열다니, 헛웃음이 나왔지만 이것도 새로운 경험이니 뭐. 그렇게 시작한 SNS는 해시태그도 할 줄 모르고 댓글에다가 내가 하고 싶은 말을 쓰기도 하면서 아무도 읽지 않는 "오늘의 추천 책은 (   )입니다. 이 책은 이렇습니다. 저는 이렇습니다."와 같은 일기처럼 짧은 피드를 올렸다. SNS는 좋아요가 많아야 한다는데 뭔가 자동으로 올라가는 좋아요는 좀처럼 10을 넘기지 못했다. 하지만 신경 쓰지 않았다. 일기니까. 하하하.

지금은 친해져서 반말을 일삼는 SNS 친구들의 첫 댓글들을 보면 참 재미있다. 당시엔 처음 알게 된 사람들이라 서로 엄청 조심하며 "안녕하세요. 사장님? 좋은 하루 보내세요."라거나 "와! 오늘 올리신 책은 정말 재밌어 보이네요."라는 둥 인사치레 말들을 많이 했다. 지금 같으면, "저이거요.", "재밌겠네요.", "패스!" 등의 짧은 댓글일 텐데 초창기 피드에 찾아가 보면 정말 손발이 오그라드는 댓글들을 만날 수 있고 그게 또 그렇게 재밌다. 그런 시절이 있었지, 하며.

본격적으로 책을 사입하고 '읽기' 시작했다. '팔기' 시작한 게 아니다. 책을 읽고 소개 글을 조금씩 올렸고, 내가 관심 있는 책을 올리는 분들의 계정에 들어가서 공감하고 댓글로 대화를 나누기도 했다. 책방 운영 초반에 SNS에 올렸던 책들을 보니 『이순신 여행』, 『정조처럼 소통하라』, 『두 얼굴의 백신』, 『영재의 심리학』, 『엄마를 위한 미움 받을 용기』 같은 잘 알려진 책들이 아니었다. 그럼에도 SNS 친구들은 관심을 가져주었다. 참으로 감사한 마음이다.

'아직 독립 못 한 책방'은 참 단순한 생각으로 지은 이름이다. 두 가지 의미를 생각하고 지었는데, 첫 번째는 실제로 우리 책방이 약국 한쪽 구석에 함께 있기 때문이다. 좋게 말하면 숍인숍 shop in shop의 개념인데, 사실 기세가 강하지 않아서 근근이 연명하는 느낌이다. 두 번째 의미는 여러 선배 독립 서점들에 보내는 존중과 존경의 의미다. 여긴 아직 독립'도' 못 한 책방이라는 뜻이다. 어려운 환경 속에서 하루하루 열심히 노력해서 운영하는 여러 독립 서점들에 비하면 너무 소소하고 아마추어적이라는 의미다.

이건 다른 이야기인데, 책방을 시작하면서 '아직 독립 못 한 책방'이라는 이름으로 상표등록도 신청했다. 나보다 글씨를 예쁘게 쓰는 직원 분의 손을 빌려 손으로 쓱쓱 쓴 걸 삐뚤게 스캔해서 올렸다. 몇 년 뒤에 이 사실을 안 특허 일을 하면서 출판사 대표도 하는 지인이 '기분이 울적할 때마다 찾아서 봐야겠다'는 이야기를 할 정도로 아마추어적인 패기로 가득한 시작이었다.

.

＊
＊
＊

경계가 사라지고

"경계가 정상적으로 해제되었습니다."

햇수로 7년째 듣고 있는 이 소리. 이젠 무덤덤하
다. 이 무덤덤함의 거창한 역사를 이야기하자면,
처음 2년간은 기대감, 그 후 2년간은 싫음, 그 후
지금까지 무덤덤함으로 변했다. 지금도 기대감
이 없는 건 아니지만, 사람들이 매너리즘 혹은 귀
차니즘으로 부르는 무언가가 나를 잡아먹은 후로
무덤덤함이 주된 감정이 됐다. 아니, 그것이 차라
리 주된 감정이길 바라면서 하루를 시작한다. 누
가 이런 속사정을 알까? 누군가에겐 선망의 전문
직, 겉으로 보면 정말 편해 보이는 사람, 약사.

2018년에 '제11회 전 국민 잡지 읽기 공모전'에
응모했던 수필의 첫 단락이다. (물론 떨어졌다.) 지
금 다시 읽어보니 아주 시작부터 매너리즘이 최
상급 치즈마냥 죽죽 늘어나는 글이다. 왜 저런
글을 썼을까? 저걸 쓴 게 2018년 7월, 내가 책방을 시작한 게 2018년 8월이니 아마도 나에겐 돌파구가 필요했던 것 같다. 그렇게 내 경계는 해제되기 시작했다.

KAIST를 그만두고 나는 약사가 되고 싶었다. 윗집 사는 약사 누나의 엄마가 우리 엄마에게 늘상 자랑을 했기 때문이기도 하지만, 무엇보다 내가 사람들 이야기를 들어주는 걸 좋아했기 때문이다. 나는 사람들과 생각하는 것들을 나누는 걸 좋아했고 그들에게 도움이 되는 걸 즐겼다. 아마 그런 일련의 상호작용으로 자존감을 올리고 성취감도 느낀 것 같다. 그리고 약에 대한 전문가가 되면 우리 가족들 약도 내가 다룰 수 있겠다는 막연한 생각도 한몫했다. 실제로 약대 면접을 볼 때 '아픈 가족에게 맞는 약을 개발하고 싶다'는 이야기도 했다. 교수님은 '이건 무슨 소리야'라고 생각하셨을 테지만.

직업에 대해 구체적으로 잘 몰랐을 때 그 직업을 선택한 나는 지금에서야 약사라는 직업과 내가 그다지 맞지 않는다는 걸 깨달았다. 남의 상황에 잘 빠져드는 성격 때문에 아픈 이들을 보면 나도 아프고 대화를 오래 하면 쉽게 피로감을 느꼈다. 그래서 불특정 다수와의 지속적인 대면이 힘들었다. '세상에! 자신과 딱 맞는 직업을 선택하려 했단 말이야?'라고 한다면 할 말은 없다. 누구나 내가 평생 업으로 삼는 직업이 나랑 잘 맞기를 바라면서 선택하는 것은 당연한 일이니까. 나 또한 그랬다.

내가 일을 할 때 가장 우선으로 생각했던 것은 '감사합니다', '수고하셨습니다'를 주고받을 수 있는 환경이었다. 그로 인해 보람도 느끼고 싶었는데 그게 힘들었다. 진심으로 하던 인사는 대답 없는 사람들을 겪으며 소심하게 잦아들었고 방어적으로 변하며 급기야 입 밖으로 나오지 않았다. 또 전문가 입장에서 내가 상대를 생각해 권하는 약들이 거부당하고 광고품의 가격만 흥정하려 할 때는 힘이 빠졌다. 이 모든 게 다 약사들이 돈을 벌겠다고, 약사가 아닌 사람을 고용해서 매대에 세워놓고 전문 지식 없이 약만 팔아댔기 때문이다. 그런데 약사가 이런 직업이라는 걸 몰랐던 나는 적응하기가 참 힘들었다.

그렇게 의기소침해 있던 나에게 딱 맞는 약 처방이 책방 운영이었다. 2018년 8월 이후 나는 참 좋은 사람들을 많이 만났다. 사람에게 받은 상처는 사람으로 치유한다는 말을 증명이라도 하듯 책방을 운영하며 신이 나기까지 했다. 책 리뷰를 올리면 무한 반응해주는 사람들, 심지어 그 책을 사겠다는 사람들, 아직 독립 못 한 책방은 책 취향이 비슷해서 믿고 산다는 사람들, 그리고 나에게 고맙다는 사람들. 나는 약국을 운영하며 느끼지 못했던 감정을 책방을 운영하며 수도 없이 느꼈다.

나는 내가 받은 것들을 다시 사람들에게 돌려주고 싶다. '지쳤어요? 아독방을 보고 한번 웃어보세요!' 나는 사람들이 다 비슷하다고 생각한다. 사람살이가 만만한 게 어디 있을까? 내가 약사라는 직업인으로 불특정 다수를 만나며 스트레스를 받는 것처럼 어떤 사람은 육아가 힘들고, 어떤 사람은 직장 상사가 괴롭히고, 어떤 사람은 후배가 제어가 안 되고, 어떤 사람은 고객이 속썩이고, 어떤 사람은 진짜 몸도 마음도 힘들 것이다. 이런 공감들이 내가 심리적으로 힘들면 아독방에서 이벤트를 한다는 정설이 생기게 된 이유다.

약사는 좋은 직업이다. 전문직이라서가 아니라 내가 책방을 할 수 있게 하고 글을 쓸 수 있게 해준 직업이라서 그렇다. '경계가 사라진' 두 가지를 함께 하며 살짝 바라는 점이 있다면, 약을 사러 올 때는 이어폰은 좀 빼고…… 1회용 비닐봉지 값 내라고 하면 그러려니 하고…… 온 순서대로 말을 하고…… 돈 던지지 말고…… 쓰레기 아무데나 쑤셔넣지 말고…… 책 위에 커피 등 짐 올려놓지 말고…… 계산 안 한 물건은 뜯지 말고……. 끝도 없겠네.

무엇보다 인사하면 인사는 받았으면 좋겠다.
"안녕히 가세요."
"네!"

✳
　✳
　　✳

어? 천사 아니신가요?

세상엔 말 못할 뒷이야기들이 많다. 내가 몸 담고 있는 곳이 회사건 사업장이건 무궁무진할 건데 책방이라고 없을쏘냐! 책방도 자영업이자 소매업이니 여러 사람들이 온다. 책방은 조용하기만 해야 할 것 같지만 다른 사업장과 마찬가지로 손님이 많으면 당연히 좋다. 그럼에도 다양한 사람들을 만나니 사람에 대한 아쉬움과 상실감도 있을 수밖에 없다. 나는 사실 대놓고 두 얼굴의 페르소나를 보여주고 있다. 약국 업무와 책방 업무를 완벽하게 분리해서 (사람들을 대)하는 것이다.

내 입장에서 약국이란 곳은 업무에 있어서 특히 정확하고 깔끔해야 하는 곳이다. 그러나 많은 사람들이 은근히 정에 호소하고 내가 해줄 수 있는 범위에서 벗어나는 걸 요구한다. 그 요구를 들어주지 않으면 나는 나쁜 사람이고 못된 사람이며

심지어 싸가지 없는 사람이 되기도 한다. 나는 인간관계에 소극적이고 상처도 많이 받는데 그걸 호소할 상황도 아니니 답답하다. 그러다가 책방을 시작했는데 이게 웬걸? 여기서 만나는 사람들은 그런 사람이 단 한 명도 없었다. 이거 완전 신세계가 아닌가! 이런 이유 하나만으로도 책방을 여는 걸 완전 강추하던 시절이 있었다. 어차피 모든 오프라인 매장은 사람을 상대해야 하는데, 기본적 매너를 갖춘 사람들이 주로 온다는 건 엄청난 메리트가 아닐까?

하지만 이것도 초반부의 생각이었다. 시간이 지나다 보니 여기도 가끔 답답한 상황이 생기기 시작했다. 책방에서는 책이 가장 중요한데, 책을 함부로 다루는 사람들이 나타난 것이다. 반품이 거의 되지 않는 작은 책방은 책 하나하나가 그야말로 자산이다. 게다가 딱 한 권 있는 책이 훼손이라도 되면 속상하기 이를 데 없다. 그 책은 자연스럽게 판매대에서 '내가 빨리 읽을 책'으로 자리를 옮긴다. 물론 아독방에 있는 책의 대부분은 내가 언젠가 읽을 책으로 구성하긴 했지만, 자의가 아닌 상황에 떠밀려서 읽을 책이 추가되면 기분이 썩 좋지는 않다.

그래도! 다행인 점은 작은 책방에 들르는 분들 대부분이 작은 책방의 애로사항을 알고 계신다는 점이다. 약간의 흠집이 있는 책도 흔쾌히 사 가시고 한 권만 있는 책도 당연하다는 듯 들고 오시는 모습에 감동을 받는다. 어느 누가 남의 손을 탄 책을 사고 싶겠는가. 그럼에도 일부러 책방을 생각해서 그렇게 사 가시니 몸둘 바를 모르겠다. 그래서 노트든 펜이든 메모지든 보이는 것이 뭐든 집어드리고 싶어서 안달이다.

요즘엔 책방에 손님이 오시면, 기본적인 인사만 하고 둘러볼 시간을 드리는 쪽으로 가닥을 잡았다. 예전에는 소리 없이 다가가 귤이건 뭐건 쥐어드렸는데(보통 깜짝 놀람) 초심을 잃은 것 같다. 책방에 자주 오는 단골손님의 얘기로는 이제 손님이 아니라 '지인'으로 대우해서 커피도 알아서 내려 먹어야 한단다. '내가 그랬나?' 생각하면 그런 것 같긴 하다. (처음에 올 때 커피 어떻게 내리는지 알려드리면 그다음부터는 알아서 내려 먹는 거 맞죠?) 여하튼 초심이란 건 대부분 잃어버리니까 '초심'이라고 하는 것이다. 운영을 오래 할수록 초심이 아닌 중심을 잘 잡고 그 중심으로 쭉 가면 되는 거다.

내 생각엔 아직도 책방은 다른 업종에 비해 그나마 청정 구역이다. 앗, 잠깐 스쳐 지나간 생각으로는 우리 서점이 엄청 잘 되는 서점이 아니라서 그런 것 같기도 하다. 일단 사람들이 많이 찾아와야 표본도 늘어나는데, 그 수가 너무 적다 보니 청정 구역처럼 보이는 걸까? 모르겠다. 아마 여러 요인이 있겠지만, 주로 작은 책방을 찾는 사람들의 특징으로 미루어보아 다른 곳에 비해 청정한 것 같기도 하다. 남에게 피해를 주지 않기 위해 애쓰면서 자신만의 취미를 즐기는 사람들. 이 얼마나 아름다운 사람들인가.

역시 사람은 책을 읽어야 한다. 책 읽는 모두가 이 세상을 조금씩 바꿀 수 있다. 이분들로 인해 이두근, 삼두근보다 먼저 단련해야 하는 내 마음 근육도 단단해지리라. 알고 보면 우리는 서로를 위로하기도 하고 위로받기도 하는 게 아닐까? 부끄러워 말 못한 이야기, 불편한 아날로그 동네 책방을 '굳이' 찾아주시는 모든 분들, 말로 다 표현 못할 만큼 너무 감사하다. 책방을 하게 된 것은 내게 너무나 큰 행운이다. 아이 부끄러워.

당신의 인생 책은?

예전에는 이런 말을 들은 적이 없는데, 책방을 운영하면서 듣게 된 질문이 있다.

"인생 책이 뭔가요?"

참 난감한 질문이다. 곰곰이 생각해보면 당연히 할 법한 질문이기도 하다. 이 질문이 난감하다고 여기는 건 크게 두 가지다. 첫 번째, 만일 가볍게 대답했다가는 내공이 없는 책방지기로 여기지 않을까? 두 번째, 그렇다고 너무 진중하게 대답하면 특정 장르의 독자들이 이 책방은 자신과 맞지 않는다고 돌아서지 않을까? 이런 염려 때문에 망설이지 않나 싶다.

그런데 나는 내공이 없으므로 진짜 생각나는 대로 대답한다. 가장 많이 대답한 책은 동아전과, 『삼국지』, 『수호지』, 『퇴마록』이다. 그중에서 어린 시절에 내 인생을 바로 잡아준 인생 책은 동아전과다. 당시 초등학교 학습지는 동아전과와 표준전과의 양강 구도였는데, 난 표지와 구성이 좀 더 선명하고 깔끔한 동아전과를 선호했다. 지금도 그런 책 표지를 좋아한다. 동아전과가 없었더라면 지금의 나도 없음이 분명하니 인생 책 1순위로 꼽겠다.

우리 집엔 책이 많았다. 아버지와 어머니가 바쁘신 가운데서도 책을 읽으셨고, 잡지 <좋은 생각>은 정기 구독을 하셨다. 하지만 어른의 책 읽기와 아이들의 책 읽기는 엄연히 다른 것. 나를 위해선 단행본이 아니라 주로 전집을 구매하셨는데, 초등학교 때까지는 위인전 전집을 차례로 읽고 독후감을 쓰는 게 집에서 내준 숙제였다. 심지어 아버지는 독후감 양식을 뽑아 오셔서 거기에 쓰도록 했다. 그렇게 모은 독후감만 해도 몇백 편이 넘었다. 여기서 웃지 못할 에피소드도 있다. 초등학교 6학년 초에 전학을 갔는데 새로 간 학교에서는 독후감 경진대회 같은 걸 하고 있었다. 길게 생각할 거 있나? 지금껏 모은 걸 다 냈고 당당히 최우수상을 탔다. 그런데 포인트는 그 학교에 전학 가고 나서는 독후감을 하나도 안 썼다는 점이다.

여하튼 그렇게 위인전은 꾸준히 읽었고, 자라서는 한국 문학 전집도 시간이 날 때마다 읽었다. 야한 장면은 자주 읽었다. (훗) 그러면 부모님께서 이런 하드코어(?)한 책들만 읽혔느냐, 그건 아니다. 아버지는 두꺼운 만화 잡지 <보물섬>이 새로 나올 때마다 사 오셨고, <챔프> 등의 다른 만화 잡지도 곧잘 사주셨다. 중학교 시절 푹 빠져 읽었던 『퇴마록』도 아버지께서 사다 주신 책이었다. 지금 생각하면 부모님은 책에 대해서 전문가는 아니었지만 항상 아이들을 위해서 노력

했다. 집에서의 독서 환경이 참 중요한데, 난 어렸을 때 거부감 없이 책을 접하며 자랐다. 더욱이 학습에 도움이 되는 책만 줄곧 읽히는 환경도 아니었다.

책과 관련해 딱히 사람들에게 임팩트를 줄 만한 추억이 있는 건 아니다. 그저 책과 친하게 지냈다. 그러다가 『삼국지』나 『수호지』처럼 꽂히는 책이 나타나면 외울 때까지 집중해서 읽는 그런 패턴이 이어졌다. 여기도 민망한 에피소드가 하나 있다. 『삼국지』와 『수호지』에 얼마나 꽂혔는지 거기에 나오는 번역투의 옛 말투를 일상에서 쓰기도 했다. 어버이날에 부모님께 쓰는 편지에 "아버지, 어머니. 이런 아들이 어리석다 물리치지 마시옵고."라는 문장도 썼다. 정말 지금 생각하면 참으로 부끄럽기 짝이 없다.

인생 책을 요약하면 동아전과로 기초를 세우고, 위인전들로 습관을 다지고, 『퇴마록』과 『삼국지』, 『수호지』로 집중력을 키운 게 아닐까? 생각보다 많은 책을 읽었지만 기억에 남는 책들이 이런 책들인 것을 보면, 책은 스스로 읽는 데 재미를 느껴야 기억에도 오래 남고 책 읽는 습관도 생기나 보다(오늘도 교육적인 이야기로 추억을 풀어가는 데 성공하고 있다).

인생 책은 누구에게나 있겠지만 누구에게나 없기도 하다. 앞의 누구는 '책과 친한' 누구이고, 뒤의 누구는 '책과 데면데면한' 누구이다. 어떤 누구로 살지는 물론 내가 선택하는 것이다. 그렇다면 자라온 가정과 학창 시절의 환경도 중요하고, 재밌고 다양한 책이 나오는 사회 환경도 중요하다. 나는 부모님 덕에 어린 시절에는 여러 가지 책과 친하게 지냈지만, 고등학교에 들어가면서는 시험 기간에 몰래 읽던 『삼국지』, 『수호지』 외에는 책을 거의 읽지 못했다.

이런 패턴은 대학시절까지 연장되었다. 술을 안 마시는데도 책보다 더 재밌는 게 너무 많았다. 그렇게 책과 멀어지나 싶었는데, 웬걸. 소위 꽂혔다고 표현할 만한 것이 생겼으니 바로 생약, 한약, 한의학이었다. 그 시작은 한의학에서 매우 중요하게 다루는 《상한잡병론傷寒雜病論》이었다. 이 책은 후대에 《상한론傷寒論》, 《금궤요략金匱要略》으로 나뉜다. 그중에서도 《상한론》에 꽂혀서 당시 부산에서 꽤 컸던 영광도서와 동보서적을 들락거리며 관련 책들을 엄청 사서 봤고, 강연도 찾아서 들으러 다녔다. 책과 멀어졌다고 생각한 찰나에 다시 책을 옆에 두게 되었던 거다.

내 경우에는 책 읽기를 좋아했던 어린 시절 자연스럽게 인생 책들이 생겼고, 잠깐 소원했지만 필요에 의한 전공 공부 덕분에 다시 책으로 돌아올 수 있었다. 사필귀책. 책은 언제나 내가 필요한 것이 '재미'일 때도, '지식'일 때도 변함없이 나를 품어주었다.

인생 책에 대해 생각하다 보니, 꽤 길게 이어졌다. 아마 여러분들에게도 인생 책이 있을 것이다. 나는 사람들의 인생 책이 너무 궁금하다. 이런저런 이야기들이 얼마나 다양할까? 그걸 듣는 것만으로도 재미있을 것 같다. 언젠가 '인생 책 이야기' 북 토크도 한번 해보고 싶다.

*
  *
    *

책을 골라보자!

문득 '기분이 좋지 않을 때'를 키워드로 구글에서 검색을 했다. 나만큼이나 이름이 어려운 세스 스티븐스 다비도위츠라는 작가의 『모두 거짓말을 한다』라는 책이 갑자기 떠올라서였다. 책방을 시작한 지 얼마 되지 않았을 때 신간으로 나와서 읽은 책이었다.

책 내용은 구글 검색을 바탕으로 사람들의 진짜 속마음을 읽는다는 것이다. 물론 해외 사례라 우리나라와는 맞지 않는 부분도 있지만, 우리나라에서도 속마음을 여간해선 드러내지 않는 사람들이 많으니 대략적으로 참고할 만하다.

여하튼 키워드로 검색한 내용들은 대부분 아는 이야기들이었다. 역시 해외와는 키워드 검색량 자체가 달랐지만, 그래도 그중에서 약간 눈에 띄는 팁은 다음과 같다.

안 좋은 기분을 극복하기 위해 할 수 있는 모든 것을 시도해보라. 하지만 시도 후 실패를 하더라도 스스로를 용서할 줄 알아야 한다. 누구나 부정적인 생각을 하고 감정을 느끼는 때가 있다.

오! 굉장히 스탠다드한 조언이다. 특히 '모든 것을 시도해보라'와 '시도 후 실패를 하더라도 스스로를 용서할 줄 알아야 한다'라니, 정말 맞는 말이다. 이 사람이 또 뭘로 낚으려고 이런 이야기를 하나, 하겠지만 오늘은 스탠다드한 이야기를 하려 한다. 책방지기의 본분, 바로 '책 읽기'다.

예전에 우리가 자랄 때도 지금 못지않게 책의 종류는 많았다. 하지만 독서에 대한 체계가 잡히지 않았다. 그리고 책을 계속 사서 읽기가 부담스러운 것도 사실이었다. 그래서 책이 엄청 많은 친구네에 가서 하루 종일 책을 읽었다든지, 그 친구 집에 매일 갔다든지 하는 에피소드가 나오는 거다. 그러다가 성공한 어른이 되면 어린 시절부터 책을 많이 읽었던 것이 바탕이 되었다고 이야기할 수 있게 되는 거 아닐까?

내 생각에는 다독이 중요한 건 아닌 거 같다. 요즘엔 어릴 때부터 독서 스케줄을 짜고, 요일별 책의 종류를 정하고, 나이별로 읽어야 하는 책을 정해주는 경우가 많다. 책을 좋아하지 않는데 무작정 다양하게 많이 읽힌다고 언어 능력이 올라갈까? 당연히 아니다. 수학이 정말 재미가 없는데 모두들 하니 해야 한다고, 집합, 도형, 방정식 등을 의미 없이 억지로 배우는 것과 똑같다. 이러면 나중에 성인이 되어서 다시는 들여다보지 않을 수도 있다. 그러면 아이들로 하여금 어떻게 억지가 아닌 자발적으로 책에 관심을 갖도록 할 수 있을까? 먼저 아이에 대해서 많이 알아야 할 것이다. 아이가 좋아하는 건 뭐고 싫어하는 건 뭔지, 또 관심사는 뭔지 알아야 한다. 엄마, 아빠의 관심사 말고.

그런데 이게 말로는 쉽지 실행하기가 상당히 어렵다. 그래서 '모든 방법을 시도해보라'는 것이다. 아이들에게 다양한 책을 보여주자. (읽는 것이 아닌 구경하는 것) 어른들이 책을 고르듯 아이들도 자신의 취향을 알 수 있도록 하는 거다. 우리도 책을 고를 때 표지 보고 고를 때가 있듯이 아이들도 그럴 수 있다. 처음엔 표지 그림이나 글귀를 보고 끌려서 고르고, 그렇게 고른 책이 좋으면 계속 비슷한 패턴으로 고를 것이고, 아니라면 다른 방법을 찾을 거다. 그러다 실패하면? '스스로를 용서할 줄 알아야 한다'는 걸 깨닫게 되는 걸로도 충분하다. 어른들은 이런 방식을 도와주고 다시 시도할 수 있는 용기를 주는 역할을 하면 된다.

내 생각엔 책방지기도 이런 역할이다. (휴, 먼 길 잘 돌아왔네.) 물론 책방지기가 어린이를 대하는 어른의 역할이라는 건 아니다. 모두가 다독가가 되려고 책을 읽는 것은 아니니 말이다. 목적만 분명하면 된다고 생각한다. 그리고 책방지기가 책을 선택하고 소개하는 기준이 명확하기만 하면 책방은 꾸준히 운영할 수 있다. 구간, 신간, 출판사 따지지 않고 내용에서 고르는 기준을 세우기는 힘들지만, 그게 다년간 경험되면 '취향'이 된다. 그래서 진정한 다독가들이 책방을 운영하는 꿈을 꾸는 건지도 모른다.

나는 다년간 스스로를 경험한 바에 따라 '잡다함'을 취향으로 삼았다. 어느 분야에 잘 치우치진 않는다. 밸런스를 중요시하기 때문에 오히려 치우치면 불편하다. 가끔 이것이 장점이 되기도 하는데, 찾아오신 손님이 "이 책방은 책 종류가 정말 다양하네요."라든지, "다른 책방에서 못 보던 책들이 눈에 띄네요."라는 말을 들으면 내가 바라던 꿈의 책방이 된 것 같아서 기분이 참 좋다. 실제로 우리 책방의 철학, 인문 코너를 좋아해서 오시면 거기만 보고 가시는 분도 있고 경제서만 찾는 분도 있다. 단점이라고 생각한 잡다함이 이렇게 장점이 되다니, 책방을 하길 참 잘했다.

그건 그렇다 치고, 그럼 '기분이 좋지 않을 때'와 '책을 고르는 방식'에는 대체 무슨 상관관계가 있을까?
사람마다 다르겠지만 나는 기분이 좋지 않을 때 속도감이 아주 빠른 무협 만화를 본다. 아무 생각도 나지 않을 만큼 쉬지 않고 본다. 그것도 아주 많이. 다행인 건 무협 만화는 대부분 권수가 많다는 점이다. 야설록 작가님, 묵검향 작가님, 사마달 작가님, 열일해주셔서 감사합니다.

기분이 좋지 않을 때는 시도할 수 있는 모든 방법을 시도하되 책도 빠트리지 말고 시도해봤으면 좋겠다. 책이 뜻밖에도 탈출구가 될 수도 있다!

※
※
※

지름신 님 어서 오세요

책방을 하며 좋은 일이 하나 생겼다. 바로 모든 지름신이 책방에 모여 있다는 거다. 예전 같으면 다른 취미를 만들어보겠다고 여기저기 기웃거렸을 텐데, 책방을 운영하면서 관련된 장비병만 유지 중이다. 지름신과 자웅동체라는 장비병은 취미뿐 아니라 업에도 적용되는 거였다. 아마 자영업을 해본 사람은 십분 이해할 거다. 간판 하나, 조명 하나, 테이블 하나, 진열대 하나라도 바꾸면 뭔가 손님이 더 올 것 같고 매출이 급상승할 것 같은 그 기분! 이게 책방에도 적용된다니, 정말 책방은 자영업이라는 걸 또 깨닫는다.

물론 책방마다 필요한 장비는 다를 수 있다. 그럼에도 가장 기본적인 장비는 책과 책장이다. 책방에서 책이야 당연히 들여놓아야 하는 상품이다. 그런데 '이왕 읽을 책을 싸게 사보자'라며 책방을 시작한 처음과는 완전히 다르게 조금만 관심이 있어도 도서관을 세우겠다는 듯 책을 쌓아가고 있다. 상황이 이러하다 보니 지름신은 책장까지 파생되고 있다. 애초에 이런 사태를 예상하고 슬라이딩으로 이중 장을 설계했다. 그럼에도 자리를 못 잡은 책들이 약국의 약장까지 세력을 확장한 것이다. 그래서 긴급상황 지름신의 명령 아래 공간을 효율적으로 활용할 수 있는 저렴한 회전 책장을 들여놓아 을유문화사 세계문학전집을 꽂아놨다. 잘 보이는 곳에 책을 진열하면 책방에 손님이 줄을 설 것 같아서 들였는데, 코로나 마스크 구매 줄이 길어져 책장을 가려버렸다. 지금도 서서히 늘어나는 책의 양 때문에 회전 책장을 하나 더 사야 하나 고민 중이다.

이 정도로 끝이 나면 양반이고 호인인데, 난 아니었다. 책방을 운영한 지 1년이 지나고 슬슬 북토크를 기획해볼까, 하는 생각과 찾아온 지름신은 날 가만히 두지 않았다. 나도 물건을 살 때 당연히 최저가를 검색한다. 네이버나 포털 사이트에서 해주는 최저가 검색은 기본이요, 포털 사이트 알고리즘상 찾아내지 못하는 최저가도 있기 때문에 각 쇼핑 사이트에도 다 들어가서 검색한다. 그러다가 포털에서 놓친 최저가를 발견하는 기쁨이란!

그런데 뭔가를 자주 사본 사람들은 느낄 것이다. 이 최저가 검색이 어느 일정 수준을 넘어서면 아주 귀찮다는 것을. 그 이유는 단순히 나이를 먹어서, 눈이 침침해서, 돈이 남아돌아서 등이 아니다. 귀찮고 너무도 귀찮아서 그냥 포털에서 검색하고 사게 된다. 처음엔 차이가 난다고 해도 몇백 원 안 나는 물건부터 시작해서 몇천 원으로 범위가 넓어진다. 심지어 포털에서 검색했지만, 다시 로그인이 필요한 사이트라면 과감히 버리고 포털에서 한 방에 살 수 있는 곳을 택하게 된다. 이것이 포털이 노리는 거겠지. (안녕하세요. 호갱입니다.)

그렇게 얻은 물건이 바로 빔 프로젝터와 스크린, 그리고 스피커&마이크 세트였다. 언급했다시피 최저가도 아니고, 가격 대비 성능이 최상인 것도 아니었다. 이걸 이리 급하게 구비한 이유는 제1회 아편책(아주 편한 책 이야기)을 진행하며 작가님께 너무 죄송한 마음이 들었기 때문이다.

첫 회 강연자는 김연수 작가님이었다. 빔 프로젝터는 빌리고, 스크린은 없어서 창문을 가리는 롤 스크린에다 빔을 쐈다. 당연히 그게 선명하게 나올 리가 없었다. 나는 김연수 작가님이 낭독해 주시는 『시절 일기』에 집중하지 못하고 안절부절못했다. (자세한 내용은 이어질 다음 글을 읽어보시면……)

오히려 김연수 작가님은 천장에 빔을 쏘아서 그림을 보여주시는 등 여유 있고 괘념치 않는 모습이었다. 얼마나 감사한지. 아마 이런 미안함이 최저가에 대한 욕구보다 컸기 때문에 급하게 '지름'을 진행했을 거다.

우리 책방은 다른 책방들처럼 예쁜 공간이 아니다. 공간을 예쁘게 꾸며봤으면 하는 바람은 있지만, 나는 보기 좋게 꾸미는 덴 젬병이다. 그래서 오히려 이런 숍인숍 형태가 나에겐 다행이다. 예쁘게 못 꾸민다면 독특하기라도 해야지. 그래야 지름신의 부름을 받고 합법적으로 무언가를 지를 수 있다. '독특'하게 꾸민다는 보기 좋은 이름 아래에 자기 합리화를 시키는 거다. 약국 안에 추가적인 시설을 설치하기 힘들어서 커피 판매를 할 수 없기 때문에 오시는 분들에게 무료로 커피를 대접하기 위해 아내에게 선물로 받(고 싶다고 조른)은 커피 머신도 그렇고, 다른 책방에서는 거의 하지 않는 출장 케이터링을 북 토크 때 한답시고 구매한 캠핑용 테이블도 그렇고, 북 토크하는 작가님과 먼 거리에서도 '세이 호오'를 하겠다는 일념으로 산 마이크 두 개도(하지만 두 개 동시에 사용 안 됨) 다 그런 식의 합리화를 통해 지름신을 영접한 것이다.

다들 그러고 살지 않나. 좋아하는 거 하려고 합리화도 하고 그러는 거지, 뭐. 그런데 지금까지 지른 것들이 '독특함'에 도움이 되는지는 모르겠다. '평범한 것 같은데'라는 생각조차 차단 중이다. 이미 끝난 일이다. 자꾸 되뇌어봤자 도움이 안 되니까. 도와줘요, 지름신!! 아까 카페에서 선 상태로 기대서 책을 볼 수도 있는 굵은 바bar 형태의 의자(?)를 봤는데, 이름이 뭐였더라…….

*
*
*

위아래 위 위아래

아독방은 2019년 9월 7일에 첫 아편책을 진행했다. 『시절 일기』가 막 나온 후라 영광스럽게도 김연수 작가님이 첫 번째 이야기꾼으로 함께하셨다. 아! 이름이 좀 특이한 '아편책'은 '아주 편한 책 이야기'의 줄임말로 아독방의 북 토크를 칭하는 말이다. 어쩌다 보니 약국 겸 책방에서 여는 북 토크에 '아편'이라는 말이 들어가게 되었다. (사실 의도한 것이다.) 이렇게 아독방 북 토크는 한 번 들으면 잊을 수 없는 강력한(?) 이름이 되었다. (참고로 아편 속 주요 성분이자 마약성 진통제인 '모르핀'은 대부분 병원에서 취급한다.)

책방을 시작한 지 1년이 넘은 시점에, 대부분의 동네 책방에는 있고 아독방에는 없는 두 가지가 있었다. 바로 '북 토크'와 '독서 모임'이었다. 이걸 안 한 이유도 두 가지다. 첫 번째는 일에 치인 내 역량 부족이요, 두 번째는 다른 곳과 별로 다를 게 없는 콘텐츠를 내가 하나 더 추가해봐야 기존의 책방과 경쟁만 될 뿐 특별할 게 없다고 생각했기 때문이다. 종종 아독방 손님들이 북 토크와 독서 모임이 없냐고 물어볼 때도 안타깝게도 없다고 이야기를 하면서도 머릿속으론 어떻게 해야 일을 좀 줄이면서도 독특하게 진행할 수 있을까를 고민했다.

다른 곳도 마찬가지겠지만, 이게 참 생각이 많아지는 부분이다. 의외로 동네 책방을 '직접' 방문해서 콘텐츠를 즐기는 분들은 한정적이다. 그래서 같은 작가와 같은 책으로 여러 책방에서 북 토크를 한다는 것은 그분들이 나눠서 행사에 간다는 뜻이기도 하다. 이게 과연 전체적인 동네 책방의 생태계에 도움이 될까?

닭이 먼저냐 달걀이 먼저냐의 문제이기도 한데, 다른 방법으로 동네 책방을 찾는 사람들이 많아져서 자유롭게 행사를 여는 게 먼저인가, 비슷한 행사를 여기저기서 많이많이 열어서 언젠가 거기에 흥미를 느끼고 사람들이 동네 책방을 찾게 만드느냐다. 이는 단순한 내 노파심일 수도 있다. 약국을 하며 같은 약에 대한 과도한 경쟁으로 판매 가격이 원가에 수렴하게 되고 대다수의 약국이 힘들어하는 걸 수도 없이 봐서, 동네 책방도 예외는 아니란 생각을 항상 가지고 있어서일 수도 있다.

어쨌든 북 토크 계의 태풍의 눈이 되고자 하는 아편책은 실제 태풍 링링과 함께했다. 지방에서 올라오시는 분들 중에서 태풍과 같은 경로로 올라오신 분도 있었고, 아예 못 오신 분도 있었다. 그만큼 좋지 않은 날씨였는데 첫 행사라고 태풍을 뚫고 와주신 분들은 지금 생각해도 너무 감사하다.

그날 김연수 작가님을 실제로 처음 뵈었다. 멋진 글을 쓰는 작가의 포스와 장난꾸러기(?) 같은 모습을 동시에 보여주시며 매력을 더하신 작가님! 준비해오신 PPT가 잘 보이지 않아 당황할 법도 한데 유연한 대처를 해주신 덕분에 오래 기억에 남을 첫 행사가 되었다.

우리 서점엔 마감을 하고 나서 내리는 백색 롤 스크린이 있다. 행사 전날 나는 거기에 빔 프로젝트를 미리 쏘아보았다. 혹시나 해서 해본 건데 다행히 선명하게 잘 보였다.

하지만 사람 일이란 게 준비한 대로 생각한 대로 진행되면 재미가 없는 법! 실제 아편책 날에 빔을 쐈는데, 글자가 흐려서 잘 보이지가 않았다. OMG! (오 마이 갓 정도는 저도 압니다.) 생각해보니 전날엔 밤 9시에 마감하며 시연했고, 행사 날은 오후 5시여서 아직 밤이 깊지 않아 바깥이 너무 밝

왔던 것이다! 안절부절못하는 나를 옆에 두고 김연수 작가님은 특유의 차분한 톤으로 낭독도 하시고 이야기를 이어가셨다. 그러다 사진이 또렷이 보여야 하는 화면이 나왔는데 사진이 거의 보이지 않았다. 그러자 작가님은 빔 프로젝트를 천장으로 쏘셨다. 해맑게 미소 지으시며……. 크흡. 사진이 아주 선명하게 보였다. 줄곧 중력을 받고 아래로만 향하던 우리의 목과 척추는 그 몇 번의 시도로 천장 쪽을 향하게 되었다. 아무렇지 않게 위, 아래, 위, 위, 아래로 빔 프로젝트를 조종하시는 김연수 작가님은 그룹 EXID 하니가 울고 갈 컨트롤의 대가셨다. 작가님의 아무렇지 않은 듯한 대처가 나를 살리셨다.

아편책은 나름대로 다른 책방에서는 만나기 힘들었던 작가님이나 번역가님, 교수님을 모시고 이야기를 나누고 강연을 듣는 것으로 동네 책방을 찾는 분들에게 선택권을 늘려주려는 목적으로 행사를 진행하고 있다. 물론 다른 책방에서 만난 작가님이 오시기도 한다. 내 사심이 들어간 작가님들이다. 철저히 책방지기의 취향인데, 그게 바로 책방의 취향이 된다. 그리고 앞으로 책방의 특징이 될 것이다.

2019년, 많이 부족한 아독방을 흔쾌히 찾아주신 분들이 많다. EXID 김연수 작가님, 말과 글이 너무도 따뜻한 염승숙 작가님, 옥구슬 목소리에 쾌활한 윤고은 작가님, 우리를 생각하게 만든 마음 깊은 김혜진 작가님, 아독방의 독립하지 않으려는 본질을 꿰뚫은 이병률 시인님, 무심한 듯 재밌는 황현진 작가님, 책방에서 정해인처럼 생긴 약사를 찾은 임경선 작가님, 아독방을 무사하게 만들어 주신 요조 작가님, 아편책에 참여한 모두를 시인으로 만들어 주신 달이 보영 문보영 시인님, 고퀄리티의 강의로 조르주 페렉의 신세계를 열어주신 김호영 교수님, 정말 감사드린다. 2020년에 푸시킨과 러시아 문학에서 헤어나올 수 없게 만드신 심지은 교수님, 그리고 유일하게 '약사님 미남'이라고 하신 이원하 시인님까지 너무너무 감사드린다.

코로나가 잠잠해지면 더 재밌는 기획으로 수도권뿐 아니라 위,아래,위,위,아래 전국에서 아독방 아편책에서 함께했으면 좋겠다. 지금은 빔 스크린도 있는데 쓸 데가 없네요.

거절이란 무엇인가

나는 참 거절을 많이 당하는 직업을 가지고 있다. 영업직에 근무하는 사람만큼 많이 당할까마는 의외로 거절당하는 게 일상생활이다. 예를 들면 이런 식이다.

"감기약 하나 주세요."

"증상이 어떠신가요?"

"목 아프고 기침 나요."

"그럼 이 약을 드릴 테니 다른 감기약이랑 함께 드시지 마시고, 술은 드시면 안 됩니다."

"이건 뭐예요?"

"말씀하신 증상에 맞춰서 기침 감기약 드리는 거예요."

"그냥 콘택600 주세요."

"……."

이게 아무것도 아닌 거 같지만 한 사람이 아니

라 여러 사람이 지속적으로 이런 거절 의사를 보이면 마음에 큰 상처로 남는다. 왜냐하면 약국에 약을 사러 왔다면 나에게 물어보고 약을 사러 왔다는 건데, 내가 권하는 약이 아닌 광고로 익숙한 약을 사간다는 건 전문성에 대한 분명한 거절이기 때문이다. 물론 상대방의 여러 가지 상황도 있을 수 있다. 전에 그 약을 먹고 증상이 완화되었다든지, 지인이 추천을 했다든지, 기타 등등. 그러나 그런 이유로 내 마음은 쉽게 나아지지 않는다. 그럼 처음부터 콘택600 주세요, 하는 게 더 효율적인 대화이지 않은가? 심지어 콘택600은 코감기약이고, 이름도 콘택 골드로 바뀌었다.

나는 그래도 양반인 축에 속할 거다. 세상엔 수많은 부탁과 거절이 상충한다. 하루에도 수없이 거절을 당하는 사람도 많을 텐데, 그 사람은 아마 엄청난 자존감 하락에 시달릴 거라 예상한다.

모르긴 해도 하고 있는 일이나 더 크게는 삶에 대한 의욕마저 없을지도 모른다.

모두들 거절당하는 데 익숙해지면서 한 가지를 잊고 있다. 우리는 알게 모르게 나 자신을 거절하고 있다는 거다. 특히 내 욕구, 내가 좋아하는 것, 내가 하고 싶은 것들을 거절한다. 난 다른 이에게도 거절당하는데 내 자신까지 거절해야 할까? 우리 삶의 목표는 무엇일까? 가족의 행복, 중요하다. 인류의 평화, 역시 중요하다. 하지만 내 자신의 행복도 마찬가지로 중요하다. 그러면 나를 거절하지 않는 방법은 뭐가 있을까?

내가 생각하는 방법은, 또 다른 나의 캐릭터를 만드는 거다. 요즘엔 이걸 부캐라고도 하고 N잡러라고도 한다. 부캐라는 건 다른 이들이 봤을 때 '오, 이 사람은 저게 부캐구나!'라고 이야기할 순 있지만, 내 스스로 미리 정하지 않고 꾸준히 하면 된다. 시간에 스며들다 보면 나는 여러 캐릭터를 가지고 있을 테니까. 이게 사실 엄밀히 따지면 다중 인격과도 통하는 이야기일 수 있다. 언젠가부터 나도 내 진짜 성격과 진짜 좋아하는 게 어떤 건지 의심하게 되었다.

예를 들면 약국에서 거절당하는 일이 너무 자존감을 깎아먹으니 최소한의 말만 하게 되었고, 다른 이가 보면 차가운 이미지를 느낄 수도 있다. 그런데 또 책방에서 만난 사람들과는 많은 이야기를 한다. 그러다가 금세 체력이 떨어져서 '아, 역시 나는 말을 최소한만 해야 해.'라고 생각한다. 그럼 나는 최소한의 말만 해야 하는 체력을 가지고 있지만 말을 많이 하고 싶어 하고 사실은 친분 있는 사람과만 말을 섞고 싶어 하는 샤이한 캐릭터인 것인가? 그런데 또 샤이한 캐릭터인 것을 다른 이들은 모른다. 잘 숨기나 보다. 이처럼 한 사람이 여러 다른 이미지를 갖고 있으니 그중에 맘에 드는 걸 골라잡아서 발전시켜 보자는 거다.

하나의 예에 불과하지만, 나는 수도 없는 거절을 당하면서 다른 나를 고를 수 있는 기회를 얻었다. 좋아하는 것을 할 수 있는 기회. 그 기회는 사실 겉으로 보기에 기회가 아니었다. 수많은 거절들 속에서 살짝, 언뜻 보이는 기회였다.

2018년, 올리브영과 같은 드럭 스토어가 우후죽순 생기면서 약국에서 판매하는 화장품은 위기를 맞았다. 아니, 하루에 하나도 팔리지 않았다. 나는 어떤 생각을 했을까? '아, 대기업에 치어서 벌어먹고 살기 힘드네!'였을까? 정답! 그랬다. 그리고 든 생각은 '이왕 이렇게 된 거 비는 자리를 내 책장으로 만들어서 좋아하는 책이나 모아야지.'였다. 그리고 어떻게 되었나. 보시다시피 이렇게 일이 커졌다. 그냥 직업으로 봐도 무방한 상태가 되었다. (어, 그런데 책도 하루에 한 권도 안 팔릴 때가 있는데……)

하지만 직업이라는 생각은 하지 않는다. 그냥 좋아해서 하는 일, 그 이상도 그 이하도 아니니까 얼마나 다행인지 모른다. 이 일을 하면서 가장 좋은 점은 내 자신에게 거절을 하지 않는 시간이 늘었다는 거다. 그리고 덤으로 책방에 오시는 손님들이나 내 SNS 친구들은 감사하게도 웬만하면 거절을 하지 않는다. 덕분에 그 시간만큼 내 자존감은 올라갔다.

뭔가 다른 걸 하고 싶다는 건 '이젠 나 자신을 받아들이고 싶다.'라는 말이지 않을까? 거절당하고 싶지 않은 그런 마음. 내가 충분히 거절당했다고 생각되더라도 거절당하는 캐릭터(직업과 기존 사회적 위치)는 그 자리에 그대로 남겨두고 최소한으로 거절당하거나 거절당해도 즐거운 걸 해 보자. 좀 더 행복해질 거고 자존감도 올라갈 거다.

그렇다면 이제 결론을 내볼까. 거절이란 무엇인가?(feat. 김영민 교수님) 바로 또 다른 나를 찾을 수 있도록 하는 포텐셜이다!

가능하면 오래 ~~~~~

책방 주인으로

*
*
*

그래서 어디서 오셨나요?

부산, 대구, 울산, 전주, 광주, 안성, 수원, 안산, 인천, 일산, 판교, 평택, 남양주, 홍천, 김포, 당진(찍고 컴온!) 등 생각나는 대로 나열한 지명들은 서울을 제외하고, 아독방을 찾아온 손님들의 실제 거주지이다. 사실 훨씬 더 다양한데 다 나열하는 건 영업비밀(?)이라 자제하기로 했다. 이런 다양한 지역에 거주하는 분들을 직접 만나다니, 지금 시대가 아무리 'we are the world'라지만 정말 상상도 못했던 일이다. 전략적으로 책방이 있는 동네에 홍보를 안 했더니 반대급부로 대한민국 전체에 홍보가 된 것일까? 이상한 일이다.

그리고 더욱 이상한 것은 이 멀리서 오는 손님들이 한 번 오고 마는 것이 아니라 한 달에 많게는 다섯 번도 넘게 온다는 것이다. 그래서 책방 운영 초반에는 너무 놀라워서 오는 손님마다 붙잡고 귤이나 쌍화 음료 등 뭔가를 건네며, "어디서 오셨나요?"를 묻기 일쑤였다. 부루마블 게임에서 각 지역을 사 모으듯 손님들이 다른 지명을 이야기할 때마다 흡사 내가 그 지역을 가지는 것 같은 묘한 재미를 느꼈던 것이다.

속으로 좋아만 했다. 낯을 가리는 탓이다. 대부분 나를 처음 만나는 사람들은 낯을 전혀 가리지 않는다고 생각한다. 그런 생각을 갖는 게 당연한 것이 사람을 하루 종일 만나는 약국을 운영하고 있고, 책방에서 처음 본 사람과도 쉽게 이야기를 나누는 모습을 보아서 그럴 것이다. 하지만 안타깝게도 그 상황은 내 안의 나와 무한대로 티격태고 있는 상황이다. '말없이 조용히 있자 vs 동네 책방이니 친근하게 말을 걸자'의 끝도 없는 뫼비우스의 띠 위를 달리고 있다.

말을 거는 문제가 나와서 말인데, 종종 작가님들

이 아독방을 방문한 적이 있다. 나중에 책방에서 북 토크를 하기도 했던 김모 작가님은 예전에 책방 근처에 살 때, 약을 사러 방문했다고 하고, 손모 작가님은 "오, 여기에 책방이 있네요?" 하며 신기해하셨다는데 내가 "아, 네~" 하고 말았다고 한다. 아마 뫼비우스의 띠 위를 걷고 있어서 타이밍을 놓쳤거나 신경 쓰는 일이 있어서 그랬을 거 같은데, 모르겠다.

다행히 본인임을 밝히는 작가님들의 경우에는 반갑게 맞을 수 있었다. 『망원동 브라더스』를 쓰신 김호연 작가님은 호탕하게 자신이 『파우스터』의 작가임을 밝히시고 책날개의 사진과 너무 달라서 못 알아볼 수 있다는 이야기까지 하시며 유쾌하게 부담을 덜어주셨다. 그리고 북 토크의 주인공으로 오시는 작가님들은 처음 뵙는 분이라고 해도 당연히 알아볼 수밖에. 행사 중간중간

이야기도 나눠야 했기에 작가님들에 대해서 미리미리 찾아두었기(물론 사진도 포함) 때문이다. 하지만 갑자기 오시는 분들은 못 알아봐서 정말 죄송하다. 20대에는 사람 얼굴 기억을 아주 잘 했는데 요새는 특별한 이벤트가 아니면 기억을 못하는 노룩 패스no-look pass를 경험하고 있다.

손님들의 경우도 얼굴을 기억 못하는 건 마찬가지다. 그래도 한 번 오셨던 손님의 경우, 뭔가…… 처음 온 사람과는 다른 포스를 풍긴다. 어떤 책이 어디에 꽂혀 있는지 아는 듯 직진을 하거나 책을 들고 구경할 때도 처음 온 것은 아니라는 아우라를 내뿜는다. 그리고 얼굴을 보거나 말을 걸었을 때 기분 좋은 느낌이 있다. (사랑합니다. 고객님!) 그러다 한마디라도 서로 나누게 되면, '아!' 하고 기억이 난다. 어떤 책을 샀고 언제쯤 오셨는지 영화의 한 장면처럼 스쳐 지나간다. 문제는 그냥 스쳐 지나가고 정확히는 기억이 안 난다는 거지만. 그래도 대화를 하는 데 별문제는 없다. 그분이 오셔서 책을 샀던 그 상황, 그 이미지가 책의 한 페이지처럼 기억나는 거다.

생각해보면 책방을 방문하는 손님이든 작가님이든 '아직 독립 못 한 책방'이라는 한 권의 책을 써나가는 데 중요한 요소들이다. 이 요소들은 서로 상호작용하기도 한다. 책방 손님이 작가이거나 작가가 될 수도 있고, 작가가 손님이 되기도 한다. 물론 나도 다른 책방의 손님이 될 수도 있고, 작가가 될 수도 있다. 이런 무한대의 역할 상호작용은 책을 통해서만 가능한 것 아닐까?

그래서 난 책방이 좋다. 누구나 책의 주체가 될 수 있고, 좀 과장하면 누구나 책에 대해서는 언제든 갑이나 을이 될 수 있는 공간, 일방적인 관계가 아닌 서로 도와주고 서로 즐거울 수 있는 공간이기 때문이다.

그럼 책에 대한 좋은 경험과 상호작용을 위해서 우리는 어떻게 하는 것이 좋을까? 규모가 크든 작든 책방에 가서 다양한 책을 구경하면서 직접 골라 책을 사는 경험을 해보는 것이 좋다는 생각이다.

책의 표지와 문구만 보고 책을 사는 일이 점점 많아지는 이유는 온라인 서점에서 책을 주로 사기 때문이다. 표지, 추천사, 미리보기만으로 책을 판단하는 건 조금 아쉽다는 생각이 든다. 읽고 싶었던 책을 직접 만져보고 살펴보기도 하고, 생각하지 못했던 책을 발견하는 즐거움은 오프라인 책방에서만 느낄 수가 있다. 우리 생활에 책이 자연스럽게 스며들 수 있도록 책방이 많아졌으면 좋겠다. 커피숍, 와인숍, 미용실, 편의점 등등 어디든 (아직 독립 못한 책방처럼) 생길 수 있는 것이 작은 책방이니까. 다양한 형태로 전국에 동네 책방이 많이 생겼으면 좋겠다. 그리고 부루마블에서 도시 모으듯 책방 여행하는 분들이 많아지면 더할 나위 없겠다.

그래서…… 어디서 오셨나요?

✳
✳
✳

안녕하세요? 아라딘입니다

작은 책방은 정감은 넘치지만 속도감이 없다. 뭔가, 무언가, 뭐더라, 다이내믹한 것이 없다, 이런 생각이 일반적일 것이다. 물론 작은 책방에 그런 걸 바라는 사람도 많지 않다. 동네 책방은 조용하고 차분하게 각 책방의 특징적인 인테리어 속으로 들어가서 책방 주인장의 독특한 큐레이션을 구경하고 들춰보는 맛이 있다. 신간이라고 눈에 띄는 데에 있거나 전국 베스트셀러라고 해서 많이 가져다 놓지도 않는다. 어찌 보면 개인의 지조 있는 공간이라고도 할 수 있다. 그 공간이 맘에 들면 자주 가게 되는 것이고, 책방 주인의 책 취향을 공감하고 가까워지며 넘치는 정을 주고받게 된다.

책방을 시작하기 전에도 동네 책방을 많이 갔지만, 사실 책방을 시작하고 나서 다른 책방들을 더 많이 갔다. 나는 정말 아무것도 모르고 책방을 시작한 데다 주변에 책방을 하는 사람은커녕 책 읽는 사람도 많지 않아서 다른 분들은 어떻게 책방을 운영하고 계신지 궁금했다. 정확히 이야기하면 동네 책방이나 독립 서점에 '큐레이션'이란 것이 존재할 수 있는지가 궁금했다. 다들 큐레이션을 이야기하지만 큰 공간에서 책의 종류가 다양해야 그것도 가능해 보였기 때문이다.

거두절미하고 말하자면 그 신기루 같던 것이 존재했다. 특히 규모가 작을수록 더욱 큐레이션이 돋보였다. 오히려 책방의 규모가 커질수록 베스트셀러나 신간의 비중이 확연히 높아졌다. 마포구에서 책방을 하는 나는 물론 마포구 책방들은 거의 다 가봤다. 그리고 당일치기로 갔다 올 수 있는 지방의 책방들도 가봤다. 천안, 안성, 대전, 대구, 전주 등도 갔고, 여행으로 간 게 아니라 오랜 시간 머무를 수 없어서 안타까웠지만 가정방

문 이벤트를 할 때 제주도 책방도 몇 군데 갔다.

결국 작은 책방은 그만의 고유한 특징이 있다는 결론에 이르렀다. 하지만 전체적인 틀은 비슷했다. 특히 책방에서 하는 책 관련 이벤트라는 것이 한정적이었다. 대표적인 것이 독서 모임과 북 토크였다. 독서 모임은 책을 기본으로 하지만 여러 종류로 파생되어 각종 클래스로 진화하기도 했다. 책을 만드는 모임부터 자수, 꽃꽂이, 목공 모임까지 다양했고, 북 토크 역시 작가를 모시고 책에 관한 이야기를 듣거나 글쓰기 수업을 듣는 경우로 나뉘었다.

이미 많은 책방들 사이에서 난 무엇을 할 수 있을까? 책방을 시작하고 나서 이런 생각을 했다는 것이 웃기지만, 그래서 아독방의 특징이 생긴 것 같다. 뭐냐 하면, '일단 해보자'다. 재고 재고 재다 보면 결국 못 하는 경우가 많지 않은가. 장고 끝에 악수握手란 말처럼 생각이 많아지면 현실과 타협하고 악수할 수밖에 없는 게 현실이 아닐까?

(자본 규모가 다르긴 하지만) 온라인 서점 알라딘은 책을 살 때 머그컵, 문진, 베개, 파우치, 담요 등 예쁜 물건을 같이 가질 수 있다. 이런 일석이조의 효과를 내세우며 승승장구하게 되었다. 굿즈로 통칭되는 예쁜 물건들은 사실 비슷한 게 엄청 많다. 하지만 이왕 책 사는 거 예쁜 무언가가 생긴다는 게 심리적 만족감을 배로 높여준다. 그렇게 알라딘은 우리의 책 소비에 슬며시 스며들었다. 그 결과 우리는 책 살 때 굿즈를 받지 않으면 이제 허전한 지경에 이르렀다.

'그래? 그럼 벤치마킹을 해보지, 뭐. 하지만 알라딘엔 없는 굿즈를 만들어야지.'

그렇게 '아라딘'은 작은 실험을 시작했다.

이미 종이 책갈피와 DIY 책갈피는 넘쳐나는 시점이었다. 하지만 재질을 다르게 해서 예쁘게 책갈피를 만들어보고 싶었다. 나는 금속 공예를 하는 분을 수소문해서 백동과 은으로 적당한 두께의 길쭉한 책갈피를 만들었다. 이 책갈피는 금액이 상당해서 2개월에 걸쳐 책 구매 합산 금액으로 증정하는 이벤트를 오픈했다. 사실 저지르긴 했지만, 확신이 없어 20개만 제작했다. (이후에 추가 주문까지 했으니 성공!) 이걸 시작으로 질 좋은 연필, 아마추어 디자이너와 협업한 북파우치, 책찌, 거꾸로 접는 우산, 미니 선풍기, 사과즙, 귤즙, 맨투맨 티셔츠 등 가리지 않고 굿즈 이벤트를 진행했다. 한 1년간은 길 가다가도 뭘 보면 저거 굿즈로 어떨까, 하는 생각을 할 지경이었다. 심지어 판촉물 박람회까지 다녔으니 말 다

했다.

이런 일들을 벌이는 여러 가지 이유 중 분명한 것이 하나 있다. 작은 책방을 일부러 찾아주시는 분들에게 무언가 돌려주고 싶은 마음, 좀처럼 웃을 수 없는 날들 속에 소소한 행복을 나누고 싶은 마음 때문이다. 여러 사람들이 서로 작은 선의를 주고받는다면 조금이나마, 하루라도 웃을 수 있지 않을까? 그렇게 믿는다.

책방을 운영하는 한 앞으로도 종종 재미있는 이벤트를 계속해볼 생각이다. 책방을 기꺼이 찾아주시는 분들과 함께하는 재미, 그리고 우리 책방만의 개성을 더하는 데 도움이 되는 일이라면 말이다. 책방을 하거나 하고자 하는 사람 각자에게 맞는 운영 방법은 분명히 존재한다. 모두 다 비슷하다면 손님들에게 다 똑같아 보이고 동네 책방을 찾는 재미마저 앗아갈 것이다. 그냥 책이 좋아서 책방을 하는 시대는 지났다. 어쨌든 우리는 책방을 잘 운영해서 살아남아야 하니까. 손님과 동네 책방들이 함께 작은 책방만의 특징을 천천히 하나씩 만들어보는 건 어떨까?

The event
makes me high

제목을 쓰느라 3분을 허비했다. 괜히 영어로 썼다는 생각이 든다. 이벤트는 나를 끌어올려 준다는 의미인데, 이건 '행복하다'를 넘어서는 개념이다. 나에게 이벤트는 행복하다는 감정을 위해서라기보다 일상을 살며 처져서 지하로 들어가려고 하는 감정이나 몸 상태를 강제로 끌어올릴 수 있는 치트키다. 쉽게 이야기하면 행복보다 더 필수적인 요소를 위한 것이다.

사실 책방을 운영하면서 이런 생각을 더 또렷이 정립했다. 이벤트를 하면서 그 이벤트에 호응하고 즐거워하는 손님들을 보며 나도 같이 즐거워지고 'high' 상태가 되었기 때문이다. 이제 내가 어떤 이벤트를 시작하면, 손님들은 장난스레 이렇게 이야기한다.

"아독방 사장님 또 우울한가 보다."

그만큼 내가 이벤트를 시작할 때 "오늘은 기분

도 안 좋으니 이벤트나 합시다." 등의 멘트를 많이 사용했나 보다. 이는 내 상태를 솔직하게 드러냄으로써 더 깊이 내려가는 걸 방지하려는 목적도 있었다. 세상에 열심히 살지 않는 사람은 없고 그럼에도 불구하고 앞날이 막막하거나 힘든 일들이 생기기도 한다. 그럴 땐 주변의 소중한 사람들과 함께 이벤트를 기획해보는 건 어떨까? (글의 마무리 같은데 철저히 계산 아래 연역법을 사용한 두괄식 글입니다.)

너무 많은 이벤트를 진행해서 일일이 다 기억이 안 나지만, 아마 아독방을 이야기할 때 빠질 수 없는 건 아독방 서평단과 굿즈일 것이다. 아독방 서평단의 시작은 온라인 독서 모임 같은 것이었다. 좋은 책이지만 안타깝게 잘 알려지지 않은 출판사들의 구간이나 신간을 소개했다. 그리고 책을 읽은 분들의 이야기를 듣는 식이었다. 보통은 내가 출판사에 직접 연락해서 이 책에 대해 서평단을 진행하고 싶다고 이야기했다. 출판사의 입장에서는 황당했을 수도 있다. 특히나 출간된 지 꽤 지난 구간의 서평단을 하고 싶다니, 이상하지 않았을까? 하지만 그런 식으로 좋은 책들이 헤비 리더들의 서평을 통해 SNS 상에서 퍼졌고, 그 덕분에 다른 분들이 그 책들의 존재를 알게 되기도 했다.

그중에 하나가 마르틴 베를레의 『뮐러 씨, 임신했어?』다. 출간된 지 좀 지난 책인데도 기억에 오래 남아 진행하게 되었다. 아주 간결하면서도 생각할 거리가 많은 책인데도 사람들에게는 그다지 알려지지 않았다. 주인공인 뮐러는 잘나가는 '마초 남성' 캐릭터이다. 그런 남자가 어느 날 아침 갑자기 여자로 바뀐다. 하지만 그는 성별만 바뀌었을 뿐 자신의 능력은 변한 것이 없으므로 대우도 똑같을 것이라고 생각한다. 그런데 실제 직장생활을 '여성'으로 해나간다는 건 정말 어렵다는 걸 깨닫는다. 이 책은 콕 짚어서 성차별이라고 말하기 애매한 환경으로 인해 일어나는 참사들을 재미있고 사실적으로 그렸다. 이 책을 소개하고 나서 궁금해하며 구매하신 분들이 많았다. 그래서 출판사에 연락해서 서평단까지 진행하게 되었고, 많은 분들이 읽고 공감하면서 알려지게 되었다. 성차별에 관한 책은 너무 진중하고 딱딱하면 접근하기가 어렵고 재미가 없는데, 이 책은 그렇지 않아서 반응이 좋았다.

이렇게 시작한 서평단은 정식 서평단과 책 증정 서평단 등 200회를 훌쩍 넘겼다. 많을 때는 일주일에 3회도 진행했으니, 정말 많이 했다. (아독방 서평단으로 선정된 분들의 피드백이 '훌륭'해서 출판사에서 지속적으로 의뢰하신 것 아닐까?) 읽어본 구간도 있었지만 신간의 경우는 내가 먼저 읽어보고 서평단을 진행한다는 원칙을 고수했다. 그래서 내 시간이 너무 부족하다는 단점도 생겼다. 내가 좋아하는 책 읽으랴, 서평단 책 읽으랴, 리뷰나 소개글 쓰랴, (다들 까먹고 있겠지만 약사입니다.) 약국 일도 하랴, 정말 내 아바타라도 만들고 싶은 심정이었다. 하지만 중요한 건 그러면서 나는 'high'였다. '굿즈 하이' 이야기는 <안녕하세요? 아라딘입니다>에 이미 썼으니 생략해야겠다.

이런 이벤트 외에도 일정 금액 이상 구매 시 숫자를 하나 고르게 해서 다른 손님들과 협력해서 빙고 줄을 만들면 그 줄에 포함된 사람들에게 선물을 주는 '빙고 이벤트', 스무 고개 형식으로 내가 지금 읽고 있는 책을 맞추면 그 책을 선물하는 '월요 고개 넘기', 가정의 달 5월에 일정 금액 이상 구매 시 직접 배송을 가는 '가정 방문(가방)

이벤트', SNS 상 익명의 누군가에게 책 선물을 받는 '책 읽다가 절교할 뻔(책절) 이벤트' 등 자잘한 이벤트부터 지금 진행 중인 연말 기부 이벤트인 '아독방 과거 시험(아과시)'까지 쉬지 않고 이벤트를 했다. 다른 건 영업 기밀이니 그만해야겠다. (사실 기억이 잘 안 남.) 이 정도면 아무튼 시리즈를 만드는 위고와 제철소 출판사에서 『아무튼, 이벤트』 출간 제안이 와야 하는 것 아니냐고 장난스레 글을 자주 썼는데, 이젠 제안이 와도 시간이 없어서 못 쓰겠다. (사실 기억이 잘 안 남.)

행복은 크기가 아니라 빈도라는 말이 있다. 생활 속에서 마주치는 자잘한 이벤트들이 분명히 나에게 긍정적인 영향을 주었다. 물론 눈사람처럼 큰 행복이 자주 오면 제일 좋겠지만 사는 게 어디 그런가. 그럼 능동적으로 high 상태를 만들어보자. 이런 자잘한 행복은 누가 주는 것도 있겠지만, 스스로 만들어가는 게 선택의 범위를 넓힐 수 있다. 또 이벤트라는 건 내가 직접 즐기는 방법도 있고, 상대방을 즐겁게 하고 그 모습을 보는 방법도 있다. 그리고 그 상대방을 여러 명으로 만들면 즐거움도 여러 배가 된다. 그렇다면 혼자 즐거운 것보다 여러 명과 즐거운 게 더 낫지 않을까? 오늘부터 주변의 소중한 사람들과 함께 이벤트를 기획해보는 건 어떨까? (이상하게 기시감이……)

※
※
※

시간을 달리는 남자

시간을 마음껏 늘리고 줄일 수 있으면 얼마나 좋을까? 내가 마주치기 싫은 상황은 싹둑 잘라버리고 재미있고 좋은 상황만 영원히 늘릴 수 있다면, 재미없겠지! 라며 애써 위안해보지만 진짜 재미있는 때는 순식간에 지나가고 지루한 시간은 한없이 늘어진다고 느끼는 게 현실이다. 이건 뇌과학적인, 심리적인 영역에서 원인을 알아볼 수도 있다. 슈테판 클라인의 『안녕하세요, 시간입니다』를 읽어보면 우리가 느끼는 시간의 속성을 어느 정도 알 수 있다.

우리는 비교를 통해 시간을 경험한다. 시간을 경험하기 위해서는 잣대가 필요하다. 그러나 시계가 이 잣대는 아니다. 우리는 운동을 매개로 어떤 일이 얼마나 오래 지속되었는지 측정한다. (……) 그리하여 주문한 음식이 나올 때까지 걸리는 시간이 기억 속에 새겨진 예상 시간보다 길어지면

우리는 초조해한다. 그리고 음식이 기대했던 것
보다 빨리 나오면 기뻐한다. 운동과 기억은 내면
의 시간을 측정하는 기준이다.

하지만 문제는 이걸 읽고도 내 재미있는 시간은
크게 길어지지 않았다. 고로 이건 내 탓이다. 하
고 싶은 건 많은데, 막상 시간이 생기면 그걸 할
생각이 없어지고, 시간이 없으면 격하게 하고 싶
어진다. 그러다 결국 일하는 시간을 쪼개고 쪼개
서 일을 하게 되며, 결국 바쁘다고 온 동네에 광
고를 하게 된다. 내 탓이다.

이런 일련의 과정을 겪으며 알게 된 게 있다. 일
이 산더미처럼 쌓였어도 언젠가는 해낸다는 거
다. 오후 2시까지 해야 할 일이 있는데, 오전 10
시에 시작도 안 했다는 건 11시 정도에 시작해
도 충분히 끝낼 수 있다는 거다. 우리의 무의식

이 그렇게 일을 미루도록 작동하는 거다. 자, 그럼 내가 오후 2시까지 일을 못 끝냈을 때는 어떤 오류가 생겼던 걸까? 바로 나 자신을 잘 몰랐기 때문이다. 어제부터 시작해야 겨우 끝낼 수 있는 일인데, 하기 싫은 일이거나 즐거운 일이 아니어서 '에이, 1시간이면 하지!'라는 합리화를 통해 미루다 결국 못하게 되는 것이다.

또 하나의 변명을 하자면 우리는 무의식중에 일을 분류한다. 못하면 세상 끝나는 일, 반만 해도 되는 일, 하나 안 하나 똑같은 일 등으로 말이다. 방 하나만 청소하면 되는데 그 일이 그토록 하기 싫은 이유도 바로 그래서이다. 반만 해도 되는 일이라서.

작은 책방은 생각보다 해야 할 일이 많다. 일단 나는 책을 읽어야 한다. 또 읽었으면 짧게라도 리뷰를 꼭 남겨야 하고(티를 내야 하니까), 그러기 위해선 머릿속으로 정리를 한다. 나는 책을 읽을 때 중요 문장에 줄을 긋지도 않고 플래그를 붙이지도 않는다. 그래서 글로 쓸 때는 정말 기억나는 이야기만 쓰기 때문에 그날 바로 쓰지 않으면 그것마저도 까먹는다. 그런 다음 퇴근 후 (밤 9시)부터 새벽 사이에 들어온 주문이 있는지 확인한다. 혹시 있다면 인터넷 창을 몇 개 띄워놓고 공급률 최저가인 곳을 검색하고 공급률이 같다면 1~2권만 배송해주지 않으니 그것들과 같이 주문할 책들을 검색한다. 주문이 없다면 그냥 주문할 책들을 검색한다(?). 그리고 이메일을 열어 혹시 있을 출판사와 작가들의 제안이나 책 소식을 읽고 검색한다. 답장할 내용이 있으면 빠르게 답장한다. 이것도 지나가면 묻히거나 잊어버려서 답장이 늦어진다.

단기적인 이벤트가 아닌 장기 이벤트는 진행 상

황을 체크한다. 각 손님의 이벤트 달성도라든지 굿즈 신청 상황, 굿즈 제작 현황 등을 수시로 챙겨야 한다. 한 번만 체크하고 그대로 두면 실수한다. 그리고 다 읽은 책의 리뷰를 써서 올린다. 그 직후부터 다음 이벤트가 떠오르면 진행하고, 떠오르지 않으면 생각하기 시작한다. 이벤트는 보통 치밀하게 계획해서 하는 게 아니고, 어떤 책이나 상황, 사람들로부터 얻은 영감을 토대로 기본 콘셉트를 잡는다.

SNS에 들어가서 수시로 DM이나 댓글을 본다. 책 주문이나 요청사항이 있는지 확인해야 하기 때문이다. 점심을 먹고 오전 주문을 확인한다. 오전 주문까지 취합해서 직거래 주문을 한다. 이벤트가 시작되었으면 추가로 신청한 손님을 체크하고 업데이트한다. 잠깐 존다. 책을 읽는다. 주문한 도서가 오면 택배를 보내기 위해 포장을 한다. 입금 확인을 한 뒤 안 된 것은 수금(?)을 한다. 책 정리를 한다. 책을 읽는다. 아니, 뭐야? 요약하면 책을 읽는다. 글을 쓴다. 주문을 한다. SNS를 한다. 포장을 한다. 이벤트를 한다? 요약하면 별거 아닌 거 같은데……, 진짜 바쁘다. 아마 다른 책방 사장님들은 이해하실 거다.

하지만 숍인숍은 이게 끝이 아니다. 초등학교 과학시간에 큰 돌, 작은 돌, 모래를 차례로 비커에 넣는 실험을 한 적이 있을 것이다. 이제 큰 돌을 넣었고 돌 사이의 빈틈으로 각종 약국 업무를 욱여넣는다. 일단 9시부터(지각하면 9시 15분부터) 병원에 갔다온 환자들의 약을 수시로 짓고 복약 지도를 한다. 그리고 틈틈이 일반 약이 필요한 환자들에게 약을 판매한다. 제약회사 영업사원들과 신제품이나 구제품에 대해 이야기한다. 그러면서 동시에 부족한 전문약과 일반약을 파악해서 전화나 인터넷으로 주문한다. 이건 수시로 해야 한다. 5만 원 이상 주문해야 배송해주는 업체가 많아서 온라인 쇼핑처럼 5만 원을 채우기 위해 고심한다. 오전에 완료하지 못 하면 고민해서 오후에 주문한다.

일단 점심을 먹는다. (정해진 점심시간은 없다.) 먹다가 일어나서 손님 응대를 한다. 밥을 한 숟갈 먹는다. 일어나서 손님을 맞이한다. 그렇게 점심시간을 보낸 후 오후를 맞이하고 오전과 비슷한 일을 반복한다. 자영업자니 특별한 세금 이슈가 있으면 자료를 준비하고 제출하고 돈 내고……. 이건 더 이상 말하지 않겠다. 그리고 마지막으로 자투리 시간에 개인 업무와 취미생활을 모래로 바꾸어 채워 넣는다. 아주 꽉꽉꽉 채워서 하루를 마감한다.

사실 글을 시작할 때는 애니메이션 <시간을 달리는 소녀>를 모티프로 해서 과거로 돌아갈 수 있다면 난 책방을 이렇게 저렇게 바꿀 것이다, 이 일은 이렇게 진행되도록 할 것이다 등의 이야기를 쓰려고 했다. 그런데 쓰다 보니…… '시간이 딸리는 남자'가 되었다.

작은 책방 사장님들 응원합니다. 그리고 손님들 (책) 사…… 사…… 사주세요.

✳
✳
✳

we are the bookshop

제목을 쓰느라 3분을 허비했다. (있었던 일 같은데……) 나도 평소엔 읽는 사람인지라 시간이 날 때 동네 책방들에 놀러가곤 한다. 물론 내 기준에서 '놀러'이고 그 책방의 사장님들은 내가 누구인지 놀러온 건지 모른다. 조용히 가서 구경하고 웬만하면 책 한 권 구매하고 나오는 식이다. 그렇게 돌아다니다 보니 책방을 시작한 시기가 비슷한 분들과 친분을 쌓게 되었다. 그러면서 친해진 책방으로, 성산동에 있는 '그렇게 책이 된다', 연희동에 있는 '초콜릿 책방', 광명에 있는 '꿈꾸는 별책방'이 있다.

이들 세 책방은 각각 특색이 있다. 그렇게 책이 된다는 아독방에서는 찾아볼 수 없는 감성적인 인테리어와 사장님의 성격과 비슷한 밝은 큐레이션이 돋보인다. 그리고 초콜릿 책방은 문학 위주의 큐레이션과 사장님이 직접 초콜릿을 만들어서 판매한다. 마지막으로 꿈꾸는 별책방은 우리나라에서 보기 드문 생일 블라인드 북을 판매하는 곳으로, 특정 날짜에 생일인 작가의 책을 블라인드로 만날 수 있다. 모두 다 동네 책방의 특징과 개성을 잘 살리고 있는 곳들이다.

아독방은 이 책방들과 이벤트를 함께한 적이 있다. 바로 스탬프 투어 이벤트다. 보통 스탬프 투어라고 하면 동선의 최소화 때문에 비슷한 지역에 있는 책방들이 모여서 하는 경우가 많다. 그런데 우리는 과감하게 거리 따윈 국거리로 삼고 하루가 아닌 2개월 동안 방문을 할 수 있도록 기간을 정했다. 소위 '책방 패밀리'라고 부른 이 책방들에 들러서 책을 구매한 후 도장을 받으면 다른 책방에서 책을 구매하지 않고 들르기만 해도 선물을 주는 이벤트였다.

아독방은 츄어블 비타민, 그렇게 책이 된다는 독

서 노트, 초콜릿 책방은 초콜릿, 꿈꾸는 별책방은 수제 책 모양 비누를 선물하기로 했다. 이름을 짓는 데 취미가 있던 나는 이 또한 그냥 지나갈 수 없어서 방구(방문 구매) 이벤트로 명명했고, 모든 책방에 들러서 책을 구매하신 '방구'깨나 뀌신 분께는 손으로 쓴 상장을 드리기로 했다.

이 이벤트가 큰 반응을 일으킨 건 아니다. 하지만 단골들과의 돈독함은 '5조 5억' 배가 되었다. 이러한 모습을 지켜보면서 아쉬워했던 지방의 단골들을 위해 나는 가방(가정 방문) 이벤트를 기획했다. 가정의 달인 5월에 일정 금액 이상 책을 구매하면 내가 직접 배송을 가는 이벤트였다. 그때는 내가 상당히 체력이 좋았던 것 같다. 무려 제주도까지 갔으니! 그런데 신기하게도 추첨을 하는 족족 서울은 안 나오고 전주, 안성, 제주도가 나왔다. 당시 깜짝 놀라긴 했지만 제주도가 나와서 상당히 좋았다. 놀러 가는 기분이랄까? 모두 당일치기로 오후 6시 안에 서울로 돌아와야 하는 일정이어서 몸은 힘들었지만 가정 방문을 '당할' 분들의 즐거움을 생각하니 내가 더 신이 났다. 가정 방문이니 두루마리 족자에다 붓펜으로 가정 통신문을 쓰고 아독방 도장을 찍어서 갔는데, 다들 재미있어했다. (근데, 다들 가지고는 있으시죠?)

나도 그렇지만 대부분의 동네 책방 사장님들은 조용한(?) 편이다. 그런데 이걸 깨뜨리는 신선한 책방이 나타났으니, 바로 성북구에 있는 책방 '부비프'다. 사장님들이 나랑 상당히 비슷한 캐릭터인데, 뭔가 추진하는 거 좋아하고, 일 만드는 걸 즐기고, 적극적이었다. 아, 정정해야겠다. 나보다 더 심한(?) 분들이다. 인스타그램 라이브를 하고 유튜브 영상을 곧잘 찍어서 업로드하는 걸 보면 그렇다. (독한 냥반들!)

부비프에서 이런저런 농담을 하며 대화를 좀 나누어보니, 이 책방은 우리 책방과 비슷한 무언가가 느껴졌다. 그래서 함께 이벤트를 해보자 했는데, 부비프에서 '단골 대항전'을 제안하셨다. 좋은 아이디어여서 사뭇 진지한 논쟁을 통해 대강(?) 하기로 결정했다. 대항전 방법은, 각 책방의 단골들이 상대 책방으로 가서 책을 구매하면 보석 모형 '징표'를 하나씩 드린 뒤, 한 달 동안 모인 개수를 집계해서 승패를 가리는 거였다. 잘 생각해보니 이기면 명예를 얻고, 지면 매출을 얻는 win-win 이벤트였다.

부비프는 지역 단골들이 많아서 우리는 그냥 매출이나 얻어야겠다고 생각했다. 물론 쉽게 질 수 없는 행사였으므로 재미도 추구하기로 했다. 그래서 이벤트 첫날인 토요일에 찾아가서 먼저 빵을 드렸다. (a.k.a. 선빵, 실제로 빵을 사감.) 마침 아독방 단골들이 독서 모임을 하는 날이라 다 같이 가자고 연락을 했다. 그런데 꽤 많은 인원이 모여 부비프로 몰려가 보석을 여덟 개나 뺏어왔다. 이날 당황한 사장님들은 나중에 책방 앞에 주차하는 차만 봐도 '헉! 아독방에서 또 왔나?'라고 할 정도로 놀랐다고 했다.

이에 부비프도 지지 않았다. 어느 날 손님 여러 명이 순차적으로 들어왔는데, 놀랍게도 전부 다 부비프의 단골손님들이었다. 서로 모르는 척하며 연기를 하는 모습이란……. 여기까지 하겠다. 어쨌든 각 책방의 단골손님들이 서로 왔다 갔다 하며 모르던 책방을 처음 가보고 책도 구매하는 재미있는 이벤트였다. 게다가 최종 스코어 19대 14로 아독방이 승리해서 감사하게도 우리 단골

손님들이 선물을 받았다. 우리가 이겼으니 다시는 하지 않을 생각이다. 영원히 승리한 책방으로 남을 테다.

이벤트 후에도 부비프의 단골손님들이 가끔 아독방에서 책을 구매하기도 한다. 아마 아독방 단골손님 중에서도 부비프에서 책을 구매하는 분도 있을 거다. 단지 나에게 이야기를 안 하고 있을 뿐이리라. (지켜보고 있습니다.)

사람들은 의외로 '함께' 하는 것에 부담을 느낀다. 나부터도 그렇다. 함께 하다 뭔가 성가시거나 신경 써야 할 일이 생기는 걸 좋아할 사람은 그리 많지 않다. 하지만 에너지를 약간만 빼서 비축해뒀다가 함께 하는 재미있는 일에 쓰면 어떨까? 이런 일들 하나하나가 모여서 색다른 흐름이 될 수도 있으니까. 우리는 책을 좋아하는 마음만으로도 말이 통하는 사람들 아닌가! we are the bookshop! 그러니 저기…… 책방 여러분, 같이 이벤트 좀 하시죠.

※
※
※

비도 오고 그래서
생각이 났어

비도 오고 그래서, 네 생각이 났어

생각이 나서 그래서 그랬던 거지 별 의미 없지

좋아하는 노래의 도입부 가사다. 헤이즈의 2017
년 앨범에 수록된 곡이다. 이 노래를 좋아하는
이유는 두 가지인데, 첫 번째는 헤이즈의 반전
이력 때문이다. 그녀는 표면적으로 '래퍼'로 알
려져 있다. 그래서 M.net의 오디션 프로그램인
<언프리티 랩스타>에도 대중적으로 알리기 위
해 래퍼로 나왔다. 그런데 오디션 프로그램을 마
치고 나서 래퍼가 아닌 가수로서 능력을 선보이
며 랩보다 노래를 더 많이 하게 되었고, 대중적
으로도 성공했다. 그녀의 의도인지는 모르겠지
만 내 입장에선 이런 반전이 상당히 매력 있었
다. 우연이든 우연이 아니든 계획 아래 이루어지
지 않은 돌발 이력은 멋지다. 평소에도 노래하는
걸 좋아했기 때문에 노래하는 거 아닐까? 두 가

지를 다 좋아하지만 전문성 때문에 표면적으로는 하나만 내세울 수밖에 없었을 거라 짐작하는데, 좋아하는 취미가 업으로 발전한 좋은 케이스인 것 같다.

두 번째는 이 노래 가사에 있다. 여기서 '네 생각'은 정말 무궁무진한 의미를 내포하고 있다. 그래서 노래를 들을 때마다 영감을 받는다. 마침 이 노래는 비가 내릴 때마다 라디오에서 자주 나와 생각할 시간을 갖게 만든다. (심지어 비 오는 날은 한가합니다. 우는 거 아닙니다.) '네 생각'이란 건 헤어진 연인을 생각하는 게 타당할 것이다. 그럼에도 나는 그 부분에 사물을 대입해 확장시킨다. 책 생각, 휴대폰 생각, 수업 생각, 로또 생각, 짬뽕 생각, 순댓국 생각, 우산 생각 등 비오는 날에 끌어올 수 있는 모든 것들로 확장시킨다.

이런 반전과 확장성을 가지고 생각하다 보면 창의력이 '뿜뿜' 흘러나올 때가 있다. 주로 책방 운영에 관한 생각이지만, 사소한 것부터 굵직한 것까지 이런 때 만들어진다. 이걸 바탕으로 생각하면 일을 할 때는 내가 좋아하는 환경이 중요하다. 내가 좋아하는 노래, 편안하고 조용한 분위기, 꼬리에 꼬리를 무는 자연스러운 생각……. 이건 흡사 카페가 아닌가? 손님이 없고 음악이 흘러나오지만 조용한 카페, 그래서 작가들이 그렇게 본인이 즐겨 찾는 카페가 있나 보다.

아독방 초기부터 계획했던 프로그램이 있었다. 이것 역시 비가 올 때 책을 읽으며 갖가지 생각을 하다가 나온 거였다. 원래는 정기적인 프로그램으로 두 달에 한 번 정도 모집해서 참여비를 받고 진행하려던 걸 일단 단발적으로 진행했다. 당시에 읽던 책은 작가 부부인 엔조 도와 다나베

세이아의 『讀書で離婚を考えた』를 번역한 『책 읽다가 이혼할 뻔』이라는 책이었다. 원제도 '독서 때문에 이혼을 생각했다'는 뜻이다. 책 취향이 너무 다른 두 사람이 가이드라인을 정해놓고 서로 책을 추천해주고 그 책의 독후감을 쓴 이야기인데, 사실 본문에 일본 책이 많이 나와서 공감이 쉽지는 않았다. 그런데 읽다 보니 우리끼리 이걸 해보면 어떨까, 하는 생각이 들었다. 바로 '비도 오고 그래서 '인친' 생각이 났어'였다.

아독방과 친구인 사람들은 서로 친구이기도 하지만 아닌 사람들도 있다. 서로 모르는 사람들이 그냥 아독방을 좋아해서 친구가 된 것이다. '비도 오고 그래서 '인친' 생각이 났어'는 내가 신청을 받아서 랜덤으로 짝을 지어주고 책 선물을 하는 프로그램이다. 짝을 지어주더라도 서로 선물을 주고받는 게 아니라 한 사람이 다른 사람에게 책 선물을 주는 일방적인 방식이다. 그래야 복수 (?)를 못 하고 더 재미있기 때문이다.

중요한 점은 평소에 상대방을 잘 모르기 때문에 일부러 그 사람의 계정에 가서 평소의 책 취향과 일상을 '염탐'해야 한다는 거였다. 누가 선물했는지는 절대 알려주지 않기 때문에 그 사람의 취향이 아닌 책을 선물하거나 벽돌책(두꺼운 책)을 선물하는 경우도 있었다. 또 본인을 숨겨야 함에도 불구하고 상대방이 비공개 계정이라 팔로우를 신청하는 바람에 자신을 만천하에 공개한 재미있는 일도 있었다.

어떤 분은 700페이지가 넘는 마이클 길모어의 『내 심장을 쏴라』를 선물 받고 하루에 20페이지씩 규칙적으로 읽는 독서 스케줄을 짜서 읽어내기도 했고, 어떤 분은 야마시로 아사코의 『엠브리오 기담』을 받아서 지금까지 한 번도 읽어본

적 없는 장르를 읽기도 했다. 이른바 '책 읽다가 절교할 뻔(책절)'한 프로그램이었던 것이다. 이런 저런 경우에도 실제로는 절교는커녕 모두들 재미있어하고 더 친해진 경우가 대부분이니, 내가 좋아하는 '반전'의 결과물이 나왔다.

이런 아이디어가 실제로 진행되고 괜찮은 결과물을 만들 수 있었던 원동력은 뭘까? (항상 뭔가를 하고 나서 생각을 하는 이 유유자적한 성격, 칭찬해.) 서로 간의 믿음이 바탕이다. 함께 하면 재미있을 거라는 긍정적인 믿음, 참여한 사람이 서평을 꼭 올려줄 거라는 긍정적인 믿음, 이게 바탕이 되어야 한다. 서로 믿고 자발적으로 참여하지 않으면 진행될 수가 없는 프로그램이다. 나라면 읽고 싶을까? 나라면 참여하고 싶은 프로그램일까? 나라면 하고 싶을까?가 늘 기본적으로 깔려 있어야 한다.

나라면 이 책방에 오고 싶을까? 나라면 책방지기와 이야기하고 싶을까? 사실은…… 아직도 어렵다. 그래도 괜찮다. 아직 비가 올 날은 많으니까. 비도 오고 그래서, 생각이 났어!

에필로그 ✳

아독방 친구들의 이야기

새로운 영화가 나오면 찾아보는 게 있다. 바로 영화 한 줄 평! 사실 아독방은 나온 지 만 3년이나 되었지만, 앞으로 할 날이 더 많으니 우겨서라도 (단골 손님들을 중심으로) 책방에 대한 이야기를 받아보고 싶었다.

대부분 실명으로 글을 써줄 테니 나쁜 말은 안 쓸 거고. 좋은 말들을 읽다 보면 초심도 생각나고, 아독방이 미치는 좋은 영향력도 되새기게 되고, 마지막으로 내 기분이 좋아질 테니까.

"당신에게 '아직 독립 못 한 책방'은 어떤 공간인가요?"

가끔 첫인상이 강렬하게 남는 경우가 있잖아요. 저한텐 '아독방'이 그런 것 같아요. 처음 아독방에 갔을 때, 여기가 맞나 문 앞에서 한 2초쯤 고민하다 약국으로 들어가면 책방으로 가는 새로운 문이 나올 거야! 하면서 푸른 약국 문을 힘차게 열고 들어갔던 기억이 생생하거든요. 물론 제 상상은 전혀 맞지 않았지만, 그때도 지금도 아독방은 늘 새로운 문을 열어주는 공간인 것 같아요. 사람과 사람을 연결해주기도 하고, 사장님만의 톡톡 튀는 이벤트로 사람들을 끌어 모으는 아독방의 새로운 시도들을 늘 응원합니다! _jje2_je2

아독방은 참 신기해요. 1. 약국에 서점이 있는 게 너무 신기했고, 2. 사인본을 너무 자주 뿌리셔서 신기했고, 3. 사장님 이름이 신기했고, 4. 재미난 이벤트가 많아서 신기했고, 5. 춤을 잘 추셔서 신기했고, 6. 글 좋아하는 사람들을 모아서 책도 만들어 주시니 신기했고, 7. 어느새 저도 덕분에 작가라는 꿈을 이루어서 너어무 감사하고, 여전히 신기함이 ing로 쌓이고 있으니 신기신기 왕신기! 앞으로가 더 기대됩니다. _ bomin.read

독립하지 못해서 다행이란 말이 마음을 따뜻하게 해주는 유일한 곳. _ choi_hb

본캐 하나 온전히 챙기기에도 이렇게 숨이 벅찬데 그는 어떻게 수많은 부캐 활동을 모두 해내는 걸까. 본업인 약사부터 책방 주인, 작가, 출판사 대표, 이제는 유튜버까지. 툭 지나가며 던진 말도 그의 머릿속으로 들어가면 반짝이는 이벤트로 바뀐다. 이 책도 그렇게 시작되지 않았을까. 그가 앞으로 어떤 새로운 이야기로 우리의 마음을 설레게 할지, 귀기울여 그의 소식을 기다릴 것이다. _ imlyingon_the_moon

크고 작은 성공과 실패가 매일매일 일어나는 기적의 공간 아독방. 그 선하고 건강한 에너지가 꾸준히 번져나가 읽고 쓰는 인간을 널리 이롭게 만들리라. _ finger_wandarer

아독방이라는 공간은 사장님이 은퇴할 때까지 쭈~~욱 이어졌으면 좋겠어요. 자주 들러도, 어쩌다 한 번씩 들러도 언제나 늘 편한 공간이 있다는 것이 얼마나 든든한지 몰라요. 애오개역이 어딘지도 몰랐던 사람인데 이제는 마포구가 이렇게 친근할 수가 없어요. 앞으로도 아독방이라는 공간에서 손님들과 소통하면서 재미있는 프로젝트 마구마구 진행해주세요. 그리고 코로나가 물러가면 아독방 정모도 하고, 소원해졌던 동네 책방 투어도 다닙시다! _ moonting82

책을 읽는 사람과 쓰는 사람, 만드는 사람과 파는

사람이 모두 모여 아독방의 1주년을 축하하던 날의 어느 한 장면이 내 안에 영화처럼 새겨져 있다. 떠올리기만 해도 안심이 되는 기억. 독서가 나를 어디로 데려갈지를 그때 처음 알았다. 사람과 책과 약 사이에. 다정한 마음과 웃음 속에. 그러니까 아독방은 나의 종착역. 아무 데도 못 가.

_ nanabella

고맙게도 많은 분들께서 성심성의껏 써주셨다. 더 많은 글이 있었지만 다 싣지 못해서 죄송하다. 하지만 내가 개인적으로 소장하며 자존감을 올리는 데 쓰도록 하겠다.

나에게 아독방이 퍽퍽한 생활을 하는 와중에 시원한 사이다 같은 달달함을 주는 것처럼, 아독방을 응원하는 여러분들도 나와 비슷한 생각이어서 다행이다. 잘하고 있는 것 같아서, 그리고 이

대로 쭉 가면 될 것 같아서.

마지막으로 여전히 독립할 생각 없는 약국 안 책
방을 진심으로 응원해주시는 모든 분들께 다시
한 번 감사의 마음을 전하고 싶다.

딴딴+

언젠가 책방 주인이
되고 싶은 당신에게

: 지치지 않고 책방을
운영하기 위한 현실 조언

1. 기대하지 말자

나는 달라, 내가 하면 잘될 거라는 생각은 버리자. 몇몇 독특한 케이스가 아니면 작은 책방으로 성공할 확률은 희박하다. 그러니 희박한 확률에 기대지 말고, 내가 할 수 있는 일 그리고 느낄 수 있는 기분을 생각하며 책방을 시작해보자.

2. 자유도 높게 상상하자

내 공간에서 뭐든 해도 된다. 또, 뭐든 할 수 있다. 책방을 시작하며 의도한 첫 번째 기획은 '내 공간'일 거다. 그 공간을 내가 원하고, 사랑하고, 자신 있는 뭔가로 채워보자. 작은 책방을 찾는 손님이라면 그런 책방 주인의 가치관이 드러나는 공간을 더 좋아하지 않을까?

3. 나만의 기준을 가지자

신간은 하루에도 엄청나게 쏟아진다. 나만의 책 선정 기준을 갖자.

주인의 애정이 담기지 않은 책은 손님들의 눈에 띄지 않고 팔리지도 않는다. 대형 온라인, 오프라인 서점과 경쟁하듯 모든 신간을 들여놓을 수도 없을뿐더러 신간이 다 의미 있는 책은 아니며 신간이라고 다 팔리는 것도 아니다. 내가 좋아하는 책으로 내 공간을 채워보자.

4. 책방은 사람으로 채워진다

책방은 책을 파는 곳이지만 사람이 채워져야 마침표가 찍힌다.

책방은 책과 더불어 사람이 있어야 완성되는 곳이다. 내가 좋아하는 책, 내가 좋아하는 작가를 함께 이야기하고 나아가서 서로에 대해서도 간

혹 이야기할 수 있는 사람들을 소중히 대했으면 좋겠다. 그게 오프라인 사랑방의 형태든 온라인 커뮤니티의 형태든 그런 사람들과의 연대는 나뿐 아니라 책방을 찾는 사람들에게도 소중한 인연이 되어줄 것이다.

5. 따라 하지 말자

북 토크, 독서 모임 등 다른 곳에서 한다고 무리해서 진행하지 말자.

하고 싶은 마음은 크지 않은데 주변의 요청이나 다른 곳의 비교 때문에 시작하는 행사는 지양하면 좋겠다. 내 에너지는 정해져 있으니 내가 하고 싶은 행사에 더 힘을 쓰고 초반에는 책방의 공간을 꾸미는 일에 더 신경을 쓰면 더 좋지 않을까? 책방 운영은 단거리 달리기가 아니니까.

6. 콘셉트는 콘셉트일 뿐

콘셉트를 하나로 정해놓을 필요는 없다.

세상이 빠르게 변하는 만큼 오프라인 가게도 느리게라도 따라가긴 해야 한다. 물론 유행을 따라가는 게 아니라 내가 생각하는 것을 실현할 순서와 여유를 마련해놓았으면 좋겠다. 일정한 하나의 콘셉트는 유연한 운영을 힘들게 한다. 항상 공간의 20퍼센트 정도는 여유롭게 남겨놓자. 다음 계획을 위해서!

7. 무엇보다 내가 편해야 한다.

책방을 열고 나서 지치지 않고 오래 운영하고 싶다면, 당신의 행복과 체력부터 챙기자.

책방을 운영하면서 다른 어떤 것보다 중요한 것은 책방 주인의 컨디션이다. 손님을 위해서 책방이 존재하기도 하지만 책방 존재의 첫 번째 이유

는 책방을 운영하는 '나'다. 내가 편안하고 원하
는 공간을 만들고, 무리하지 않는 스케줄과 계획
을 세워보자. 쉴 때는 푹 쉬자.

인디고 02

약국 안 책방 : 아직 독립은 못 했습니다만

초판 1쇄 인쇄 2021년 8월 23일
초판 1쇄 발행 2021년 9월 1일

지은이 박훌륭
펴낸이 김종길 **펴낸 곳** 글담출판사 **브랜드** 인디고

기획편집 이은지 · 이경숙 · 김보라 · 김윤아 · 안수영 **영업** 김상윤
디자인 엄재선 · 박윤희 **마케팅** 정미진 · 김민지 **관리** 박지응

출판등록 1998년 12월 30일 제2013-000314호
주소 (04029) 서울시 마포구 월드컵로8길 41 (서교동 483-9)
전화 (02) 998-7030 **팩스** (02) 998-7924
블로그 blog.naver.com/geuldam4u **이메일** geuldam4u@naver.com

ISBN 979-11-5935-091-7 (04810)

만든 사람들 —————————
책임편집 이은지 **표지디자인** 김종민 **본문디자인** 엄재선 · 박윤희
교정교열 윤혜숙

글담출판에서는 참신한 발상, 따뜻한 시선을 가진 원고를 기다리고 있습니다. 원고는 글담출판 블로그와 이메일을 이용해 보내주세요. 여러분의 소중한 경험과 지식을 나누세요.